JN213972

捨てられ王女は黒騎士様の激重執愛に囚われる

プロローグ　捨てられた王女

難しい婚姻だとはわかっていた。

それでも、少なからずこの結婚に夢を抱いていた自覚はある。

でも。どうして——初夜に寝所から他の女の声が聞こえてくるのか。


自分の夫となる人と、これまでまともに話したことはない。

結婚話が浮上してから、今日まであっという間だった。王族の結婚式とは思えないくらいに急な婚姻に戸惑わなかったと言えば嘘だ。

それでも、結婚式の場に現れた彼は素敵だった。

華やかな金色の髪に、透き通るような碧い瞳。まさにおとぎ話に出てくるような、理想の王子様そのもの。大国であるイオス王国王太子の名に恥じない、素敵な旦那様。

一方、セレスティナの出身国と言えば、隆盛していたのは過去の話だ。ただ長い歴史があるだけで、今やすっかり小国となったルヴォイア王国の第三王女でしかない自分とは、どう考えてもつり合わない。

それでもセレスティナは、この結婚に夢を抱き続けていた。

これは、望まれた婚姻のはずだから。

ルヴォイア王国の王族はその血により、必ず神の加護を色濃く受け継ぐ。当然、セレスティナもその恩恵（おんけい）を受けて生まれてきた。

ルヴォイア王女であるからには、必ず他国へ嫁（とつ）がなければいけない。それがもう何代も続いてきた慣習だ。

いくら小国とはいえ、神の祝福を強く授かった娘は貴重だ。だから本来、嫁（とつ）ぎ先に困ることはない。――セレスティナ以外は。

（わたしは、いつまで経っても半人前。それでもラルフレット様はわたしを必要としてくれた）

神の加護を受けた者の中でも、セレスティナは第一降神格（エン・ロード）と呼ばれる最も強い加護を受けた存在だ。それなのに十九歳になるまで嫁（とつ）ぎ先が決まらなかったのには理由があった。

セレスティナに加護を授けた神が、半神だったためである。

〈処女神〉セレス。神話によれば、とある神に見初（みそ）められ、強引に神に引き上げられただけの元人間だ。寿命だけを引き延ばされたものの、なんの特別な力も持っていないハズレ神である。

歴史を振り返っても、半神の加護を授かった者は存在しない。

生まれた瞬間、セレスティナは世界でたったひとりの半端者になったのだ。

〈処女神〉の加護など、授かったところで無意味だ。人並み以上の魔力だけは授かったものの、その魔力を使って特別なことができるわけでもない。

〈豊穣の神〉の加護を授かった一番上の姉のように大地を豊かにすることも、〈音の神〉の加護を授かった二番目の姉のように人々を魅了する音楽を奏でることもできない。ただ、使い道のない魔力を抱えているだけ。

それでも彼、ラルフレット・アム・イオスは、セレスティナを選んでくれた。

大国であるイオス王国の王太子なら、妃などよりどりみどりのはず。それなのに、ちっぽけな自分を選び、婚約が調（ととの）うなり一日も待てないと言わんばかりに結婚を急いだ。

それほど彼に望まれている。その事実が、セレスティナを勇気づけてくれた。

政略結婚でも、姉たちのように愛され、大切にしてもらえる未来がある。

そんな幸福な夢を見ながら、夜、セレスティナは寝所に向かった。

プラチナブロンドと言うには色素が薄く、銀髪に見えなくもない浅い色の髪。紫水晶（アメジスト）の瞳も珍しくはあるけれど、どこか華やかさの足りない自分。

それでも、侍女たちの手によって磨（みが）き上げられた今、それなりに見映えはするはず。

レースがたっぷりあしらわれたナイトドレスは、生地（きじ）が薄くて心許（こころもと）ない。けれど、これが彼の心を擽（くすぐ）るなら喜んで着よう。

夫に誠心誠意尽くして、愛し愛されるようになりたい。

この身の全てを、彼と、この国に捧（ささ）げる覚悟はしてきた。そのためには、この初夜で自分の覚悟を示さなければいけない。

そう思ってきたはずなのに。

――寝室の扉を開けて、凍りついた。

部屋の奥には大きな天蓋付きのベッド。そこで、ひと組の男女が睦み合っている。

ひとりはセレスティナとよく似た色彩の女だった。銀髪に近いプラチナブロンドを振り乱し、騎乗位で激しく腰を振っている。

ただ、色彩こそ似ているが、印象はまるで異なる。華奢なセレスティナとは対照的に、身体のくびれがはっきりした妖艶な大人の女性だ。

そしてその下から彼女を突き上げている男性こそが、今夜、セレスティナと結ばれるはずの夫ラルフレットその人で――

「…………」

セレスティナは言葉を失った。

今、目の前でなにが起きているのか。

結婚式。ようやく会えた、素敵な旦那様。

今宵、彼とどんな夜を過ごすのだろうと考えると、胸がどきどきして、期待してどうしようもなかったはずなのに。

どうしてその旦那様が、自分とは別の女性を抱いているのか。

「――あら？」

先にセレスティナの存在に気がついたのは、女性のほうだった。

女はゆっくりとこちらを振り返り、妖艶な目を細める。その顔には、勝ち誇ったような笑みが浮かんでいた。

まるでセレスティナが来るのがわかっていたかのような表情だ。額に浮かんだ汗は、これまで彼女がどれほど激しくラルフレットと交わっていたかを物語っている。

「いらっしゃいましたわよ、妃殿下が」

「妃殿下？　――ああ、アレか。こんな時にやってくるとは、随分と無粋な女だな」

底冷えのするような冷たい声だ。

興ざめだと言わんばかりの表情で、ラルフレットは上半身を起こす。

「初夜だからとやってくれば、私に抱いてもらえるとでも思ったか？　勘違いも甚だしい」

吐き捨てるように告げ、ラルフレットはすぐにセレスティナへの興味をなくした。そして、彼に寄り添う女性の背中を撫でる。

長い指が愛おしそうに彼女の身体をなぞり、やがて臀部に触れた。そのまま何度か揉みしだくと、女は「もう、殿下ったら！」と頬を赤く染める。さらに、セレスティナに見せつけるように、深いキスをした。

永遠にも感じる長い時間、セレスティナは縫いつけられたようにその場から動けなかった。

まともに呼吸すらできない。心臓の音が妙に速く聞こえるけれど、体温はゾッとするほどに冷たい。指先が凍えるほどに冷え、震える己の身体を抱きしめることもできない。

「出来損ないの半神の加護持ちなどいらん。汚らわしい」

結婚式の時の、誓いの言葉はなんだったのだろう。

あの穏やかな声は？　優しい眼差しは？　誓いの口づけは？

全部、嘘だったとでも言うのか。

「勘違いをするな。議会が第一降神格しか妃に認めぬと言うから、お前を迎えたにすぎん。――私の子種がもらえると期待でもしていたか？」

「まあ！　殿下ったら。それは酷ですわ！」

くすくすくす、と女が嘲笑する。

期待していたのに残念ね、と、彼女は蔑むような瞳を向けてきた。

セレスティナがいるのを気にすることなく、ラルフレットは腰を揺すりはじめる。それに伴い、女の声も甘やかになっていった。

肌がぶつかり合う音。今すぐにでもここから逃げたいのに、足が動かない。

どうして？　どうすれば？　そんな考えが頭の中を行ったり来たりする。

「まあ、お前は第一降神格であることと、その色彩を持っているだけで充分価値はあるからな」

「それは、どういう」

「リリアンと同じ色彩を持っているなら、都合がいいだろう？」

瞬間、血が逆流する心地がした。

リリアンというのは、目の前の女性のことか。

彼女と同じ色彩。そこにこだわる理由に思い至り、愕然とする。

「まさか」

「心配してくれるな。表向きには、お前は誉れ高きイオス王国の王子を産むという大義を果たすことになる。祖国にも顔向けできぬようなことはない」

「そんな……！」

それはつまり、セレスティナではなく目の前のリリアンと呼ばれた彼女に、子供を産ませるということだ。

この婚姻は、ラルフレットがリリアンと結ばれるための張りぼての結婚だったのだ。

（だったら、わたしは？）

いらなくなったセレスティナは、どう生きればいいと言うのか。

「心配せずとも、お前の魔力は存分に使ってやるさ。――誇っていいぞ。お前は、このイオス王国の発展に欠かせない存在になるからな」

チリンチリン、と、ラルフレットがベッド脇に置いていた鈴を鳴らした。

やってきたのは侍従でも侍女でもなく、大勢の騎士たちだった。この状況になると最初からわかっていたかのように、すぐ外に待機していたらしい。

「初夜に邪魔をした不届き者を連れていけ。――ああ、例の部屋で丁重に繋いでおくように。いいな？」

ラルフレットの命令に、騎士たちは「はっ！」と一礼し、セレスティナを捕らえる。

最初に感じたのは、手首に巻きついた金属の感触。その冷たさに包まれた瞬間、身体中の魔力の感覚が切り替わった。

（魔封じ……!?）

ゾッとした。これは、罪人につけるものではないか！

「どうして!?　嫌！」

どれだけ叫ぼうと、魔力を封じられたセレスティナに抵抗する手段はない。両脇を掴まれ、後ろに引きずられる。

「待って！　ラルフレット様、お願い！」

必死で夫の名前を呼ぶけれど、彼は不機嫌そうに顔を歪めるだけだ。

「見知らぬ女に、名前を呼ばれる謂れはない。不愉快だ。疾く失せろ」

そう言って彼はすぐにセレスティナから意識を外し、目の前のリリアンに視線を注ぐ。

「――待たせたな。リリアン。ほら、私に集中して？」

「ぁ、あん！　殿下ったら！　激しいんだから」

「今日は初夜なんだ。どうして君を愛さずにいられる？」

本来、セレスティナに向けられたかもしれない愛情を別の女に捧げながら、ラルフレットは彼女を押し倒す。

ふたりの紡ぐ甘い嬌声が、いつまでもセレスティナの耳から離れない。

日も差さぬ地下室に連れていかれ、鎖に繋がれてからも、いつまでも、いつまでも――

第一章　疎まれた再婚

セレスティナ・セレス・エン・ルヴォイアは、ルヴォイア王族の中でも特殊な位置付けの王女だった。

彼女にはひとりの兄とふたりの姉がいる。いずれも素晴らしい神の加護を授かる第一降神格だ。

しかし、セレスティナだけが皆とは違った。同じ第一降神格でも、彼女が授かったのは半神の加護でしかなかったから。

それでも、家族はセレスティナを愛してくれた。

どの神の加護かなど関係ない。そう言い切って、たっぷりと愛情を注いで育ててくれた。

温かな家族の愛に恵まれて、セレスティナは真っ直ぐに育った。

しかし、セレスティナに特別な力がないのは事実だ。

魔力以外に能のない加護など、あってないようなもの。ないならないなりに、力と知識を蓄えなければいけない。いずれ嫁いだ時に、加護の恩恵なしでもやっていけるように。

魔力さえあれば使える基礎魔法を可能な限り習得し、主要な言語をいくつも身につけたほか、各国の文化やマナーも積極的に覚えた。

さらに日頃から社交に精を出し、誰とでも円滑な人間関係を築けるように努力した。――まあ、人間関係に関しては、持って生まれた朗らかさにより自然とできあがったものではあるが。

十九歳になった頃には、セレスティナは実に利発な王女だと言われるようになった。同時に、そこに立っているだけで誰もが笑顔になるような、朗らかで優しい人柄に育っていた。

それもこれも全部、家族のおかげだとセレスティナは思っている。彼らが愛情深く育ててくれたから、今の自分がある。

『〈処女神〉セレスの一番の加護は、神が見初めるような心の温かさだったのかもしれないね』

家族は皆、そう言ってくれた。

だから、セレスティナはいつでも自分らしくあり続けようと胸を張った。それがきっと自分の長所なのだろうと、皆の言葉を信じて。

たくさんの愛情を注いでくれた家族のためにも、セレスティナはルヴォイア王女としての役割を果たさなければいけない。すなわち、他国との政略結婚である。

しかし、半神の加護しかないセレスティナに、縁談など来なかった。

やがて他国に嫁ぐこと。それがルヴォイア王女の存在意義だったはずなのに。

ルヴォイア王国——かつての国名は、ルヴォイア神皇国。

この世界を統べる七十三神の中でも最高神である、〈天空神〉ルヴォイアスの強い加護を授かった初代神皇が興した国である。

不思議なことに、この国の王族は必ず神の加護、それも第一降神格と呼ばれる最上級の加護を授かって生まれるのだ。

　ルヴォイア王国内にいると感覚が麻痺(まひ)するが、第一降神格は世界でも数えるほどしかいない。その奇跡に等しい存在を、一国に偏(かたよ)らせるわけにはいかない。だから王女は必ず国外の、第一降神格の存在しない国の王族に嫁(とつ)ぐ決まりがあった。

　しかし、第一降神格でありながら半神の加護しかないセレスティナは、いわばハズレ姫だ。貴重な第一降神格を娶(めと)るための枠を、特別な加護を持たない王女で潰(つぶ)す国などあるはずがない。

　そんな中で手を挙げてくれたのが、イオス王国だった。

　ルヴォイア王国の東側に面し、広い国土と豊かな資源を持つ一方で、第一降神格どころか、第二降神格(アム・ローダ)すらほとんど存在しない。神の加護を豊富に授かるルヴォイア王国とは対照的な国だった。

　だから、ひとりでも第一降神格を確保しておきたい。そんな思惑(おもわく)もあったのかもしれない。

　――けれど。

（ラルフレット様――このわたしを必要としてくれた方）

　誰かに必要とされたかったセレスティナにとって、その事実は煌(きら)めいて見えた。

　ラルフレットのことは、国際会議で見たことがある。

　どこよりも歴史が長く、神に愛されたこのルヴォイア王国は完全中立国である。それゆえに、五年に一度開催される国際会議は必ずこの国で行われることになっていた。

　その時、隣国の使節団にかの王太子ラルフレットの姿もあったのだ。物腰柔らかな、まさに物語の王子様といった雰囲気は、セレスティナの目に印象的に残った。

好みかと問われれば、よくわからない。

しかし、あの王子様がセレスティナを欲してくれた。

恋をするには、それで充分だった。

セレスティナはひたすら、自分を欲してくれる誰かを待っていたのだから。なのに――


――今は昼だろうか。それとも夜？

何度、朝が来て昼となり、夜が訪れたかもわからない。

まともに食事も与えられず、この細い腕、細い足には力が入らない。だから逃げることなんてできるはずもないのに、セレスティナはこの地下の牢で鎖に繋がれたまま。

以前の花が綻ぶような笑顔はどこにもない。見る影もないほどにやつれてしまっている。

風呂にすら入れてもらえず、たまに洗浄と称して水を浴びせられるだけ。

爪はいくつも節ができて、肌もボロボロ。元々淡かったプラチナブロンドの髪は色素が抜けて真っ白になり、引っ張ると簡単にちぎれてしまうほどに傷んでいる。

最低限、生かされてきた王女の末路がこれだ。

淡い夢を抱いてこの国にやってきて、たった一日でその夢は粉々に砕け散った。

セレスティナの存在価値など、あのリリアンという女と同じ色彩であることだけだった。

十九年、どこの国に嫁いでも恥ずかしくないように重ねた努力は、なんの意味もなさなかった。

すべてが無意味。セレスティナという人間など、そもそもが無価値だったのだ。

(〈処女神〉セレス様と同じね)

〈処女神〉セレスは〈糸の神〉ジグレルに見初められ、人間から神に引き上げられた半神だ。

夫になるはずだった〈糸の神〉ジグレルは、元は生命の糸を繋ぐ神だった。しかし、人を安易に神にしたことを咎められ、冥界に閉じ込められたのだ。

やがて彼は生命の糸を断ち切る死神となり、冥王として君臨するわけだが、その後の物語にセレスは登場しない。

家族と引き離されたセレスは神に引き上げられるだけ引き上げられ、そのまま捨てられたのだ。見初められたものの結局初夜を迎えることすらなかった、まさに〈処女神〉。

(わたしにピッタリ。かの神の加護を授かったのも納得だわ……)

自嘲したい気持ちになるが、もはや身体に力は入らず、口角すら上がらない。

この地下牢に囚われ、遥か——遥か長い月日。結婚してからいくつか季節が巡り、一年か、もしかしたら二年くらい経っているのかもしれない。

日の光を一切浴びることなく、誰かと語ることも叶わず、ただただ魔力を搾り取られる。

ここは貴族の大罪人を閉じ込めるための牢屋で、そういった大罪人の行く末は大抵が、魔力を生み続けるだけの生ける屍となることらしい。

この部屋に仕掛けでも施されているのか、セレスティナは生命を維持できるギリギリまで魔力を搾取され続けてきた。

しかし、それも何年も続くと限界が来る。

視界は霞み、なにも映らない。瞼を持ち上げることも難しく、毎日与えられる水を口に含むことすらできなくなってきた。

全身が凍りつくほどに冷たく、いよいよ自分の死を強く感じた。

(——ああ。わたしの人生はここで終わるのね)

なんと虚しい人生だったのかと、セレスティナは思う。

昔はよかった。祖国にいた頃は、温かな家族に包まれて。皆と毎日笑い合って、穏やかに暮らしていた。

小さくとも、伝統ある国だ。

様々な国からの訪問客が絶えず、それを出迎えるのがセレスティナの役目だった。

国の顔として恥ずかしくない王女たらんと自分を律し、様々な国の文化を学び、対応するのが楽しみだった。

異国の人々と話すと、小さな国の中にいても、セレスティナの世界はどこまでも広がり、世界中を旅しているような気持ちになった。

お客様に褒めてもらえるたびに、自分でも国の役に立てるのだと誇らしい気持ちになったものだ。

けれども、イオス王国でだけは、うまくいかなかった。

セレスティナは己の能力を発揮する機会すら与えられず、暗い牢に閉じ込められ。

やがて、呼吸すら、できなくなり——……

……――ふと。

目を覚ますと、天井が歪んで見えた。

どれくらい時間が経ったのかはわからない。

でも、おかしい。あの暗い部屋で、天井なんて見えなかった。そこにあったのは真っ暗な闇だけ。

そもそもセレスティナの目にはもう、なにも映らないはずなのに。

「――ティナ！　セレスティナ姫！」

赤いなにかが視界の端に映る。

必死にこちらに呼びかける、男性の声だ。

その声はどこか懐かしく、セレスティナは目を閉じる。

(あなたは、だれ？)

問いかけたくとも、言葉にならなかった。

ボロボロの身体を誰かに抱かれて――その体温。そう、温かい。

誰かが抱きしめてくれている。

人肌の温かさを、まだ、この身体は覚えていた。

生きている。ううん、死んでいるのか。もしかしたらここは、死後の世界なのかもしれない。

そんなことを思いながら、セレスティナは再び目を閉じる。

自分の名前を呼ぶ、誰かの声を聞きながら。

——三年。

かの国からセレスティナが救われるまで二年、さらにルヴォイア王国に戻ってきてから一年もの時が流れていた。

その間のほとんどの記憶が曖昧(あいまい)だ。

少なくとも、セレスティナはイオス王国王太子妃という身分ではなくなったらしい。

重篤(じゅうとく)な病に見舞われ、王太子妃としての責任に耐えられないと、セレスティナ自ら離縁を申し出たことになっているそうだ。

セレスティナが子を孕(はら)めないせいで離縁されたのではと勘ぐる目も向けられているようだが、あの国での評判などもう知らない。どうなってもいい。

セレスティナにあの国での記憶はない。

イオス王国での日々のことを思い出そうとするだけで、頭の中に霧(きり)がかかったようにぼーっとしてしまう。

さらに祖国ルヴォイア王国に戻ってきてから、生きているのか死んでいるのかわからないまま眠って過ごし、ようやく起き上がれるようになるまで半年。そこから誰かとまともに会話できるようになるまで、さらに半年を要したのである。

（わたし、もう二十二歳なのよね。……不思議な感じ）

セレスティナの時間は嫁(とつ)いだ十九歳の時から止まったまま、周囲の時間だけが動いている。

まだ、外に出ることは億劫(おっくう)だ。それでも、現実は待ってくれない。

「ティナ、話がある」

それは、よく晴れた日のことだった。

その日はセレスティナも体調がよく、王族のみが立ち入りを許される中庭でお茶を楽しんでいた。

そこにセレスティナの父であり、この国の国王ディオラル自らが会いに来たのである。

「こんなわたしに、再婚話でも来たのでしょうか」

セレスティナは自嘲気味に微笑んだ。

わかっている。セレスティナはもう二十二歳。その年齢が、現実として押し寄せる。

あと二年もすれば行き遅れの年齢だ。

痩せぎすだった身体はある程度肉がつき、女性らしさが戻ってきた。慣れ親しんだ相手なら普通に会話もできる。だから、いつまでも実家にしがみついているわけにはいかない。

一応、一度は結婚したわけだし、世間では「病気で王太子妃の座を退いたワケアリ」だ。そんなセレスティナに再婚話ということは、半神の加護でもいいと言ってくれる相手が見つかったということだ。

ろくでもない相手であることは想像に難くないが、嫁がない選択肢はない。それがルヴォイア王女としての矜持である。

(ただ……)

今の自分に、本当に、ほんの少しでも価値はあるのだろうか。

(わたしにはもう、魔力すらない)

死ぬ間際まで魔力を搾り取られた後遺症か、身体が回復してきた今も魔力だけは枯渇したまま、回復の兆しがまったく見えない。

だからイオス王国も、魔力供給源としての役割を果たさなくなったセレスティナは用済みだったのだろう。

体調も万全とは言えなかった。すぐに寝込んでしまうこの身体では、妻としての仕事もできそうにない。

しかし驚くべきことに、本当に今のセレスティナでもいいと言う酔狂な存在がいるらしい。

セレスティナの事情は調べているらしく、魔力が枯渇しているだけでなく、ほとんど起き上がることすらできない状態であったことも了承済みだった。

にわかには信じがたい話ではあるが、そこまで熱心に打診されると、ルヴォイア王国としても無下にはできない。

結果、セレスティナのもとまで話が持ってこられたわけだが――

「フォルヴィオン帝国、ですか……？」

あまりの相手に絶句した。

フォルヴィオン帝国といえば、世界でも一、二を争う大国だ。イオス王国よりもさらに国土が広く、豊かな国である。

予想すらしていなかった大国の名が出てきて、セレスティナは口を開けた。

「しかし、あの国は第一降神格がすでに」

ぱっと思いつく限りでも、有名な第一降神格が何名かいる。

ルヴォイアの王女は、第一降神格の存在しない国に嫁ぐのが慣習だ。だからこそ、かつて候補にも挙がらなかった国だった。

まあ、フォルヴィオン帝国ほどの大国になると優秀な人材が揃いすぎて、今さら第一降神格がひとり増えるメリットもなさそうではあるが。

「そうだ。本来、お前が嫁ぐことは難しい国ではある。第一降神格の偏りに反発する国もあるだろう。だが、お前は再婚にあたる。酷な言い方だが、魔力すらなくなった今のお前でもいいと言ってくれる相手は多くない」

それはそうだろうと、セレスティナはうつむいた。

さらに今のセレスティナには、大病を患っただの、子を産めないだの、結婚するには難しい噂が飛び交っている。あえてそんな不良物件を選ぶ王族などいないだろう。

「それに、今回の相手はそもそも王族ではない」

「え……？」

セレスティナは目を丸くした。

例外続きである。ルヴォイアの王女を迎えることは、神の加護を受け入れるのと同義。慣例として、必ず王族が相手になってきた。

「黒騎士リカルド・ジグレル・エン・マゼラと言えば、お前もわかるか？」

「――っ!?　あの、黒騎士様、ですか!?」

知らないはずがない。

フォルヴィオン帝国で最も有名な第一降神格。その人物こそ、〈糸の神〉ジグレルの加護を授かる者なのだから。

（よりにもよって、〈糸の神〉の！）

少なからず動揺した。

〈糸の神〉と言えば、セレスティナに加護を与えた〈処女神〉セレスにとって因縁の相手だ。

かの〈処女神〉を、半神に引き上げた神。

だからその加護を与えられた相手にも、どうしても身構えてしまう自分がいる。

「そうだ。その黒騎士との縁談だ」

黒騎士リカルド――フォルヴィオン帝国にその人ありと言われる英雄だ。かつて東の国からの侵攻を、リカルド率いるたった一部隊で食い止めた。

しかも一部隊と言いながら、実際はほとんどがリカルドひとりの功績だ。一騎当千どころか、一騎当万とも言われる大英雄である。

黒騎士と呼ばれるのは、彼が常に黒いコートを纏い、戦場の死神とも称されるほどに陰鬱な雰囲気であることからだという。

英雄ではあるものの、どちらかと言えば恐れの対象。あまりいい噂は聞かなかった。

（リカルド様……）

セレスティナも、かつて国際会議の場で会ったことがある。燃えるような赤髪が印象的な、どこか影のある男性だった。

ただ、その時もほんのわずかに会話を交わしただけ。しかも、非常に不機嫌そうだった。

じっとこちらを見つめてくる目が妙に印象的ではあったが、向こうがセレスティナに対して好意を抱いたとかそういった印象はまったくなかった。

英雄というよりも、孤独な一匹狼と言ったほうが似合いのイメージだ。

しかし自分が考えていた以上に、向こうはセレスティナに対してなんらかの思惑（おもわく）を抱えているらしい。

「お前には話していなかったが、実は先の国際会議のあとからずっと打診はあってな」

「え……!?」

それは、もう四年も前のことではないだろうか。

婚姻対象国でもなく、王族でもない相手——つまり、本来は結婚などありえない相手だ。そんな殿方から婚約の打診があったとは知らなかった。

「相手は、お前が魔力を失ったこともご存じだ。それでも、ひとりの女性としてお前を迎えたいと言ってくれた」

「どうして、そんな」

「私も、お前は第一降神格ではなく、ただひとりの娘として幸せになるべきだと思う」

「お父様……」

その言葉を、どう受けとめたらいいのかわからなかった。

ひとりの娘としての幸せなんて。今さら、そんな都合のいい話などあるわけがない。

けれどディオラルは、国王ではなく父の顔をして語り続ける。

セレスティナはすでに、ルヴォイア王国の王女としての役割を充分果たした。今度は、ひとりの娘として結婚すればいいと。

「――だから幸せにおなり、セレスティナ。私は誰よりも、お前の幸せを願っているよ」

そう言うけれど、セレスティナの不安は拭えなかった。

今さら、なにも持たない娘が幸せになれるとは思えない。けれども、自分には王女としての矜持がある。

ゆえに、諦めるような顔をして答えた。

どこへなりとも嫁ぎます、と。


輿入れまでさらに半年と少し。

それは麗らかな陽差しが心地よい春の佳き日だった。

この後、結婚式の会場で、セレスティナはリカルドと改めて顔を合わせる。最後に彼の顔を見たのは先の国際会議以来だから、約四年半ぶりの再会となる。

バージンロードの向こうに立つ男性の姿を見て、セレスティナは不思議な気持ちになった。

久しぶりに会うリカルドは、すっかり大人の男性になっていた。セレスティナよりも三つ年上だから、今は二十五歳のはず。

英雄と呼ばれるからにはガッチリとした筋肉を持つ体格のいい男性をイメージしそうだが、彼の場合は全然違う。魔法騎士だからだろう、どちらかと言えば細身で長身だ。

大きなステンドグラスから溢れる光が、彼の赤髪を照らした。

紅蓮(ぐれん)とも称される濃い赤の髪は長く、後ろでひとつに纏(まと)めている。

シャープで端整(たんせい)な顔立ちだ。冷たい印象ではあるが、顎(あご)のラインはくっきりしており、すっと鼻筋が通っている。ややつり目な黒曜石の瞳は、左側が前髪で隠れて見えないが、神秘的な輝きを宿してセレスティナを見つめていた。

ただ、どうも表情が硬い気がする。

いや、元々の彼の性質から、ニコニコ出迎えてくれることは期待していなかった。それでも絶対零度の瞳と言うべきか。まるでこちらに対して怒っているかのように、ギロリと睨(にら)みつけてくるのだ。眉間(みけん)の皺(しわ)を隠そうともしない。

鋭い視線にセレスティナも緊張し、背筋が伸びる。でも――

(綺麗……)

やはり黒騎士と呼ばれる存在だけあって、目を離せない独特の雰囲気がある。

彼はこの日も黒い正装に身を包み、凛(りん)と立っていた。ステンドグラスから差し込む光は、まるで神の祝福のよう。

誰も寄せつけない孤高の存在。そんな特別な彼のもとへ、セレスティナは嫁(とつ)ぐのだ。

正直、結婚はまだ怖い。

かつてセレスティナは裏切られた。結婚式ではどれだけ甘くとも、初夜になって夫の態度が一変した。だから今も、この結婚を素直に喜んでいいのか、わからない。

厳かな雰囲気の中、司祭が式を進めていく間も、セレスティナはリカルドのことばかり考えていた。彼がなにを思って、この結婚を望んだのかわからないから。

（期待してはいけない）

もしかしたら自分を好いてくれていたのかも——なんて、甘い考えを持ってはいけない。

ただ、リカルドもこちらのことが気になるのか、先ほどから何度も彼の視線が突き刺さる。

（甘い視線ではないけれど……）

さすがに孤高の黒騎士様が、いきなりそのような態度をとるとは思えない。

そもそもセレスティナはまだ、この結婚の意図を知らないのだ。

だから、期待しすぎるな。がっかりするのは嫌だ。そう自分に言い聞かせながら、式の進行を見守っていく。

そうして、互いに誓いの言葉を交わし、向かい合う。

いよいよこの時が来た。皆の前で口づけをする時が。

真正面から見ると、やはり彼は随分と長身だった。セレスティナとは頭ひとつ分以上も違う。

ひょろりとしているが、シャープな身体つきはまさに冥王である〈糸の神〉の印象そのものだ。

見惚れていると、彼がくしゃりと目を細めた。眉間に皺を寄せ、大きく息を吐く。

少しだけ嫌な感じがした。

ため息ではない、と思いたい。意に反してセレスティナと結婚する、なんてことはないと信じたい。

お願い。お願いだから。

少しでもいいから、甘い心の欠片（かけら）を見せてほしい。

けれど、リカルドが手を伸ばすことはない。触れて、抱き寄せてくれることもない。

彼は嫌々といった様子で、セレスティナの額（ひたい）に微（かす）かに唇を落としただけだった。

「…………っ」

口づけすらしてもらえない。

そのことがひどく惨（みじ）めで、セレスティナは涙が溢れぬようにぐっと堪（こら）えた。

——大丈夫。額（ひたい）へのキスだって、よくあること。

皆の前で口づけをするのが気恥ずかしかっただけ。

孤高の黒騎士様なら、そう考えてもおかしくない。

そう、自分に何度も、何度も、何度も、何度も言い聞かせたのに——

「いい加減にしてくれ！　こんな結婚、最悪だ！」

——夜。彼の屋敷に迎えられて早々。

リカルドが、誰かに向かって激怒している言葉を聞いてしまった。

その声が廊下まで響いてきた瞬間、セレスティナは固まった。周囲の、セレスティナ付きの侍女たちまでもが凍りつく。

一枚扉を挟んだ向こう。わずかに開いた扉の隙間から、赤髪の男性が見えた。

どうかこれが幸せな結婚であってくれ。そう祈りながら結婚式と、その後の披露目のパーティーを済ませた。

しかし、元々リカルドは人付き合いが極端に苦手らしく、セレスティナのそばには寄りつこうともしなかった。

彼は彼、セレスティナはセレスティナで、同じ空間にいながらも別々の集団に祝われた。

だから夫とは、まだまともに会話すらできていない。この屋敷に迎えられてようやく話を、といった時のことだった。

「俺のあずかり知らぬところで、陛下と結託して好き勝手してくれて……！　俺は了承していないからな！」

了承していない。

その言葉がセレスティナの胸に突き刺さる。

（まただ……）

この国は、温かく迎えてくれたように思えていた。この屋敷の侍女たちも、セレスティナに優しく接してくれた。

でも、胸の奥に燻る不安。この手の予感は、いつだって正しい。

やはり、セレスティナは望まれてなどいなかった。

はるばるフォルヴィオン帝国までやってきたけれど、ここでも不要な存在。

疎まれた花嫁なのだ。

「あっ！　セレスティナ様！」

その場に留まることなど、できるはずもなかった。

どこかに行ってしまいたくて、セレスティナは廊下を足早に駆け抜ける。

侍女たちが慌てて追いかけてくる。それでも、今のセレスティナに周囲を気遣う余裕はなかった。

歩いたことのない屋敷のなかをあてどなくさまよい、袋小路に辿りつく。

涙はもう、とっくに出ない身体だ。心はすでにカラカラで、砕け散ってしまいそうだった。

なにも語ることなく立ち止まったセレスティナに、侍女たちが優しく声をかけてくれる。

「違います！　あれは旦那様の本意ではありません！」

「あの方はセレスティナ様が大事だからこそ……！」

しかし彼女たち自身も、自分たちの言葉に説得力がないことはわかっているのだろう。顔を見合わせ、困ったように口を噤む。

「――今日はお疲れでしょう？　部屋に戻って、お茶にいたしましょう」

「湯浴みをされてはいかがですか？　私たち、セレスティナ様の疲れがとれるよう、しっかりとマッサージしますから」

そう言いながら、彼女たちはセレスティナをこれから自室となる部屋に連れていってくれる。

セレスティナはズンズンと歩いていって、導かれた先――二階の、南向きの部屋の扉に自ら手をかけた。

パンッ！　と突然身体が弾かれて、ハッとした。

鍵とは違う。これは魔法鍵の一種だ。

登録された、一定以上の魔力を持つ者しか開けられない仕組みになっているのだろう。

「……この家の扉には、全てこの鍵が？」

「え？」

侍女たちには、それが特殊な魔法鍵であった自覚すらなかったらしい。顔を見合わせ、その中のひとりが神妙な顔をして頷く。

「そう」

乾いた笑みが溢れた。

なにが『魔力がなくなっていることも了承済み』だ。魔力が枯渇しているセレスティナには、扉一枚開くこともできない。この屋敷にも、セレスティナの居場所はない。自由も、なにもかも。

やはり歓迎などされていなかった。

改めて思い知らされ、自嘲する。

「誰か、ここを開けてくれる？　わたし、この屋敷で生活するのも難しいみたいで」

「そんな――！」

「ああ、今すぐに！　お任せください！」

侍女たちは慌ててパタパタと動きはじめ、セレスティナを自室へいざなった。

ひどい結婚になったと思う。

いよいよ初夜となっても、セレスティナの心は重かった。

部屋の空気は冷え切っている。それでも、この儀式は必ず訪れる。

セレスティナは侍女たちによって指先から髪の毛一本に至るまで丁寧に磨(みが)かれた。

銀に近いプラチナブロンドは、背中の真ん中くらいの長さだ。貴族の子女としてはかなり短いほうだろう。二年にも及ぶ幽閉期間の中でボロボロになり、毛先をかなり切るしかなかったのだ。

そこから一年半かけてゆっくり伸ばしたけれど、以前のような美しさはない。

それでも、セレスティナは胸を張るしかない。

身につけているのは少し厚手のナイトドレスだった。

あの時とは違うとわかっていても、どうしても思い出してしまう。期待していたのかと嘲笑(ちょうしょう)され、さらに罵倒(ばとう)されたあの日のことを。

かつての夫は、愛人との行為を隠すことなく見せつけた。

お前など妃にふさわしくない。うぬぼれるなと、彼が言った言葉が今でもセレスティナの心に突き刺さったままだ。

だからセレスティナは怖い。淫(みだ)らに着飾って誘っているのかと笑われるのが。

ナイトドレスの色は白く、控えめで無難。それはセレスティナのたっての願いだった。

本当はもっとレースがたっぷりで、豪奢(ごうしゃ)なものもあったけれど、どうしても身につけることができなかった。そういったきわどいものに触れるだけで、震えが止まらなくなるから。

厚手の、少し野暮(やぼ)ったいくらいのナイトドレスの裾(すそ)を掴みながら、セレスティナはひとり寝室で待つ。

まさに永遠とも思える時間だった。

そもそもリカルドは来ないかもしれない。彼はセレスティナのことを歓迎していない。花嫁を迎える気がない男が、どうしてセレスティナを抱くというのだ。

だから、寝室の扉が開いた時、少なからずホッとした。

リカルドはセレスティナと向き合う気がある。まだ、これから関係性を構築していけるかもしれない。

初夜のドキドキよりも、きちんと会話できるかどうかのほうが、今のセレスティナにとっては重要だった。

ガチャリと開けられたドアの向こうに、リカルドの姿が見えた。

紅蓮(ぐれん)の髪が艶々(つやつや)と輝いている。

こちらを見つめる切れ長の瞳。薄い唇。すっと通った鼻筋に、シャープな輪郭(りんかく)。改めて、彼が非常に整った顔立ちであると理解する。

そんな彼は、セレスティナと目が合うなり、ビクッと大きく震えた。

冷ややかだった表情がますます険しくなる。眉間(みけん)に皺(しわ)を寄せ、まるで憎き敵を見つめるかのような眼差しを向けてきた。

それだけで、彼との関係性はゼロではなく、マイナスであることを理解した。

これから、どう関係性を作っていけばいいのか。最初の一歩すら踏み出せないまま、セレスティナは言葉を探す。

「あの――」

「俺は、あなたを抱くつもりはありません。それを言いに来ました」

冷たい声だった。

はっきりした拒絶だ。それを面と向かって告げられて、セレスティナは目を見開いた。

今まで、彼が他の誰かと話していた時とは異なる、きっちりとした敬語。

結婚式を挙げたものの、彼と家族にはなれていない。

しっかり線を引かれて、セレスティナは硬直する。

「この寝室はあなたに差し上げます。好きに過ごすとよいでしょう。ただし、俺には近づかないように。――どうなっても、知りませんから」

「そんな」

「失礼!」

ピシャリと言い切られ、扉が閉まる。

セレスティナが慌てて立ち上がり、閉ざされた扉まで駆けよるが、どうにもならない。

扉はかたく閉ざされたままだ。この扉もまた、セレスティナひとりでは開けることなど叶わないのだから。

「リカルド様！　リカルド様！」

もう、そこにはいない。わかっているのに、彼の名前を呼んでしまう。

「――その名を呼ぶな！」

しかし、彼はすぐに立ち去ったわけではないらしい。

「やめてくれ。俺の名前を呼ばないでくれ!!」

自然と彼の言葉遣いが崩れる。

剥き出しの感情が出てしまうほどの拒絶。

自分は本当に、彼に疎まれているのだ。

苦しくて、なにも考えられなくて、セレスティナはただひたすら扉を叩く。しかしそれ以上、彼からの反応は返ってこなかった。

ひとり、寝室から出ることも叶わず、セレスティナは崩れ落ちる。

やはり自分に居場所などない。それを思い知らされて、その場から動けなくなった。

涙は出ない。

心の中でだけ、さめざめと泣きながら、いつしか床の上で眠ってしまっていたらしい。

翌日。侍女たちが冷たい床で倒れているセレスティナを発見し、慌てて彼女をベッドに寝かせた。

セレスティナは高熱にうなされ、夢と現の狭間を行き来して三日。

ようやく、意識を取り戻したのだった。

＊＊＊

こんな結婚、あってはならなかった。

結婚式の翌日。まさに、セレスティナが屋敷で熱に浮かされている頃、リカルドはひとり騎士団棟の執務室に戻り、引きこもり続けていた。

窓ひとつない薄暗い部屋。黒騎士団の第七部隊隊長の執務室とは思えないほど陰鬱とした雰囲気の場所だ。

手慰みに読む書物が壁一面に並んでいるが、それ以外はなにもない。シンプルな執務机とソファー。それから、簡易のベッドだけ。

元々外に屋敷を持たなかったリカルドは、ほとんどの時間をこの地下の執務室で過ごしていた。

今もベッドの上で寝返りを打ち、頭を抱える。

リカルドは太陽の光が苦手だ。そんな特殊な体質だから、城の地下室の倉庫を改装して執務室兼私室にさせてもらっている。

環境のせいか空気は澱んでおり、湿気もある。どう考えても快適な場所ではないが、リカルドにとってはこの部屋以外の場所こそが地獄だった。

（ああ、あまりに憎い、この身体）

それもこれも全部〈糸の神〉の加護のせいだ。

戦闘で魔力を放出していないと、体内に渦巻く闘争本能がリカルド自身を傷つける。

全身がひどく痛み、吐き気や頭痛を伴い、動くことすら億劫になる。日の光を浴びなければ幾分かマシだから、日頃からここに引きこもっているだけ。

大嫌いな〈糸の神〉。それでも、この身体となんとか付き合っていく術を二十五年かけて見つけてきたというのに――

(昨日、セレスティナ姫と会ったからか。――クソ、随分好き勝手に暴れてくれる)

――己の中の渇望が。

セレスティナを迎えることはわかっていたし、この婚姻が逃げられないものであることも理解していた。

リカルド自身、彼女には大恩がある。彼女が生涯をこの国で過ごすのであれば、健やかに過ごしてほしい。その気持ちは強い。

だからリカルドにできる精一杯で、彼女を迎えるための準備をした。

人付き合いなど苦手なのに、手段を選ばず必死に情報収集した。セレスティナが少しでも快適に日々を過ごせるように、彼女の好きそうなもので屋敷を固めた。

女性のために尽くすのは人生で初めてで、戸惑うことも多かった。けれど、やれるだけのことはやったと思う。

しかし、実際に彼女を妻として扱えるかといえば、話は別だ。

(クソ……身体が、痛い。心臓が……っ)

セレスティナに触れた代償か。

己の中で、なにかが叫び続けている。

彼女を抱け。彼女を奪え——と。

同時に理解していた。彼女を抱いてしまえば、この苦しみから解放されるということも。

(しかし、駄目だ。それだけは)

セレスティナと改めて向き合って実感した。

これは、彼女にとって最悪な婚姻になると。

それもこれも全て、リカルドが〈糸の神〉の加護を授かってしまったからだ。

リカルド・ジグレル・エン・マゼラは黒騎士と呼ばれ、この国の英雄扱いをされている。

しかし、自分がそんなに大層な存在ではないことくらい、よく理解していた。

もともと姓すら持たなかった平民だ。リカルドの姓「マゼラ」は、マゼラ村出身の、という意味でつけられただけ。ここフォルヴィオン帝国の片田舎でひっそりと生きていただけの男だった。

しかしなんの悪戯(いたずら)か。やがて冥王となった〈糸の神〉の加護は強力すぎた。

生きとし生けるものの命を紡ぐとも言われていた〈糸の神〉。しかし人間の娘を見初め、神へ引き上げたことを咎(とが)められた結果、冥界へ堕とされた。

神をも死へと引きずり込もうとする苛酷な環境であった冥界で、戦って、戦って、戦い続けた。

やがて冥王として冥界を力で支配した頃には、命の糸を断ち切る者と変わり果てていたのだ。

そんな特殊な事情を持った〈糸の神〉の加護だ。いくら莫大な魔力を持って生まれたとはいえ、いち人間でしかないリカルドの手に余る。大きすぎる加護は、リカルド自身の身体を傷つけた。

（この加護のせいで、俺の人生はめちゃくちゃだ）

生まれたのがあまりに田舎すぎて、自分が第一降神格であることも知らずにいた。

当然、こんな身体では外に出ることも叶わず、ひたすら家に引きこもることしかできない。家族からは穀潰しと罵られたが、当時のリカルドにはどうすることもできなかった。

特に、魔力が集中する左眼が厄介だった。

黒いはずの瞳は、感情が高まると赤く発光する。それを気味悪がられ、左眼を隠すようにして生きてきた。

さらに、原因不明の痛みにのたうち回り、呻き声を上げ続ける。その薄気味悪さに、誰もがリカルドを忌避した。

転機となったのは、十四の頃。

リカルドの噂を聞きつけて、皇都からひとりの男がやってきたことだった。

「主ィ――……ああ、やっぱりここに来てましたか」

間延びした男の声が、執務室の外から聞こえてきた。

そう、この声だ。

かつてリカルドの育った辺境まで、緊張感のないこの男が自分を迎えに来たのだ。

リカルドは大きくため息をついた。

ひとりになりたいのに、この男から逃れることは難しい。鍵がかかっているはずの扉を簡単に開けられて、すっかり腐れ縁となった男の姿を見ると、リカルドは舌打ちした。

「まったく。新婚早々、なにしてくれているんですか、アナタは」

「昨日も言ったろう。……俺は、あの方との婚姻など望んでいなかった」

正確には、結婚する覚悟は決めたものの、それ以上の関係にはなりたくなかっただけ。

セレスティナを前にして、想像以上に〈糸の神〉が暴れ出し、逃げるしかなくなったのだ。

すでに散々繰り返した押し問答を、まだ続けることになるだなんて。

リカルドはのそりと上半身を起こし、やってきた男を睨(にら)みつけた。だが男は臆(おく)することなく、飄々(ひょうひょう)とした表情を浮かべている。

無造作な若草色の髪に、蜂蜜色の瞳。リカルドよりも四つ年上の二十九歳ではあるが、どこか愛嬌(あいきょう)のある幼い顔つきをした男。

フィーガ・フィーガ・エン・フィーガロット——特定の第一降神格の加護を代々血で引き継ぐという特殊な家門、フィーガロット家の若き当主である。

フィーガロット家の長(おさ)だけは、〈伝達の神〉フィーガの名前をそのまま使用できる。それは、かの神が生粋(きっすい)の神ではなく、同一の存在が数多(あまた)いる精霊の複合体であることに由来しているが——まあそれはいい。

とにかくこのフィーガという男は、悪戯(いたずら)好きの〈伝達の神〉フィーガそのものと言われる特殊な生まれの男だった。

幸か不幸か、フィーガロット家の人間は仕える相手を自らの直感で決めるという慣習がある。その主（あるじ）というのがリカルドだったというわけだ。

十一年前、フィーガはリカルドを見つけるなり、嬉々（きき）として皇都へ連れていった。

もちろん、あの家族と引き離してもらえたことは感謝している。フィーガに見つけてもらってから、リカルドの人生が好転したことは確かだ。

魔力を制御する術を学び、ある程度自由に身体を動かせるようになった。必要な知識も身につけられたし、自分の力で思うように生きられるようになったと思う。

ついでに言えば、生活能力がゼロのリカルドを彼自らが世話してくれるのもありがたい。

彼がリカルドのことを誰より気にかけてくれていることも、当然わかっている。

――しかし！

セレスティナとの婚姻までセッティングしてくれと、誰がお願いしたというのだ！

「うーわ。なんですかその、俺はお前を許さん、って目ェ。僕、怖くってちびっちゃう」

「言葉の通りだ……お前を、許さん……っ」

「うわあん主（あるじ）！　それはないでしょっ！　元はと言えば、アナタが『セレスティナ姫とじゃなきゃ結婚しない！』って言ったのが原因でしょうが」

「それは……っ」

リカルドはたじろいだ。

もう四年半も前のことだ。確かに、かつてリカルドは言ったことがある。セレスティナとなら結婚を考えてもいいと。

「しかし、彼女はルヴォイアの王女だ！　王族でもなく、しかも第一降神格である俺には……っ」

かの国の慣習を考えれば、到底結婚できるはずのない相手。

だからこそ、リカルド自身の婚約話を避けるには最適な相手でもあった。

元は平民とはいえ、豊富な魔力と第一降神格としての加護を授かった自分。この性格と体質から女性とはとんと縁がないが、縁談だけは来る。

しかも、フィーガや皇帝が率先してリカルドを結婚させようとしてくるから、言ってやったのだ。セレスティナ以外とは結婚する気はないと。

彼女だけが、リカルドの渇望を癒やせるから、と。

それだけ。本当に、望まぬ婚姻を避けるためだけだったのだ。——なんて。

（セレスティナ姫……）

いや、わかっている。

心にはびこる黒い感情がある。彼女のことを想うといつもそうだ。〈糸の神〉の思念か、なんなのか。己の奥に渦巻く暗い欲望を、リカルドは自覚している。

「あの方だけが主を癒やせるって言うからァ、これまでルヴォイアに無理を言ってあの方の魔力のこもった魔石を融通してもらってたのに、恩を仇で返しすぎじゃありません？」

「俺に抱かれるよりマシだろう」

「えええ？　でもアナタ、男として最低なことをしてますよ？」

そんなことを言われても、社会不適合者の自覚があるリカルドに、今さら一般的な男らしさを求められても困る。

「俺が人として最低なのは、今に始まったことではない」

「ドヤ顔！　言い切っちゃいます、そこ⁉」

フィーガは大袈裟にのけ反った。

そうして、頭をガシガシ掻きながら、盛大なため息をつく。

「かと言って、そろそろ限界でしょう？」

「………」

痛いところを衝かれて視線を逸らす。

本当に、フィーガはリカルドのことをよくわかっている。

四年半前。ある出来事によってリカルドは、自分を癒やせるのはセレスティナだけだと確信した。

この呪いのような加護の厄介さは、フィーガも皇帝もよく知っている。だから、継続して彼女の癒やしを受けられるように、かの国に申し出てくれた。

彼女の魔力を込めた魔石を譲ってもらうことで、リカルドはなんとか意識を繋ぎ止めてきたのだ。

しかし、まもなくセレスティナの婚約が調ってしまった。

婚約者のいる女性が、異国の男に魔石を贈り続けるなど醜聞以外のなにものでもない。

それでも事情が事情だからと、ルヴォイア王家は協力してくれた。セレスティナ本人には知らせず、こっそりと魔石を融通し続けてくれたのだ。

もちろん、礼は充分以上にしている。イオス王国からのセレスティナ奪還に協力したのもそうだ。

ルヴォイア王国には、セレスティナの実情を知る諜報力も、取り返す力もなかった。だからこそ、率先して手伝った。

しかし、セレスティナの魔力はすっかり枯渇していた。

大切に使ってきた彼女の魔石も一年前には空になり、その後は以前のように苦しみに喘ぐ日々だ。というより、彼女を知る前よりひどくなっている。

〈処女神〉を知ったせいで〈糸の神〉が暴れているのだ。もっと、彼女が欲しいと。

「意地張るのはやめて、頂いちゃえばいいのに」

「彼女の魔力は枯渇している。彼女を抱いたところで、この身体が癒やされるとは限らない」

「本能でわかっているのにィ？」

フィーガはニイイと悪い笑みを浮かべた。

しかし次の瞬間、真顔になる。

「――アナタ、このままじゃ死にますよ」

フィーガの言葉に、リカルドは押し黙った。

「体内を〈糸の神〉にズタズタにされて死ぬか、耐えきれなくなって自死するか。あるいは精神を侵されて暴れ回り討伐対象に――うわあ、それだけは被害が尋常じゃないし、アナタの奥方になったあの方にも責任が降りかかりそうですから、勘弁してほしいんですけどォ」

これ見よがしに、つらつらとあげつらっていく。

本当にどれもありそうだから厄介だ。

しかし、とリカルドは思う。

（俺は、〈糸の神〉の加護を授かった人間。だから――）

この体内に渦巻く、執念、嫉妬、執着、執愛。

〈糸の神〉にふさわしい、ドロドロとしたどす黒い感情。

それを、彼女にぶつけてはならない。彼女にだけは、絶対に。

――セレスティナと初めて出会ったのは、もう四年半も前だ。

先の国際会議。成人した第一降神格は必ず参加しないといけないと、皇帝とフィーガに強制連行された。しかし、ルヴォイア王国の土地に流れる清浄な気のせいか、あるいは第一降神格が大勢集まっていたせいか、リカルドの中に流れる暗い感情と魔力がいつも以上に暴れ出したのだ。

身体中が痛みで悲鳴を上げる。立っていることも難しく、気分が悪くなって夜会の会場を離れようかと思った時、声をかけてくれたのが彼女だった。

『大勢がいらっしゃるところは苦手ですか？』

『……っ、あ、いや……』

彼女のことは当然知っていた。

神話上で〈糸の神〉が冥界に堕ちた要因となった、元人間の半神〈処女神〉セレス。

世界でたったひとり、なにもできない半神の加護を授かってしまった第一降神格が、ルヴォイア王国に存在すると。

正直、会いたくなかった。

力を与える代償に、生涯自分を苦しめ続ける〈糸の神〉。リカルドは、この〈糸の神〉の加護を心底憎んでいる。だから、それに関わる神々のことも避けたくなるのは当然だ。

望まぬ神に魅入（みい）られた存在同士、互いに関わらず生きていったほうがいいだろう。そう思っていたのに――

目を奪われた。

銀に近いプラチナブロンドは艶々（つやつや）で、儚（はかな）げな印象ながら、そのアメジストの瞳にはしっかりと強い意志を宿す凛（りん）とした姫君。

女性に見惚（みと）れることなど初めてで、自分でも困惑するしかなかった。

（どうして。彼女が〈処女神〉の加護を授かっているからか？）

なにか予感めいたものを感じ、リカルドは怯（おび）えた。

駄目だ。彼女に近づいてはいけない。触れてはいけない。

逃げろと、心の中で警鐘（けいしょう）が鳴る。

『大丈夫ですか？　医官を呼びましょうか？』

『いや。不要、です。気に、しないでください――』

もともと人と話すことは苦手だった。いや、声を出すことすら億劫（おっくう）なのだ。ましてや相手が他国の王女だなどと、とんでもない。

（ああ、いい香りがする。クラクラする。触れたい。駄目だ。それだけは。絶対に――）

いよいよ動けなくなり、膝（ひざ）から崩れ落ちる。彼女が慌てて腕を伸ばしてきた。

その時。彼女が、リカルドの身体に触れた瞬間。

――世界が塗り変わった。

（これは、彼女の魔力か？）

清浄な気だった。

身体全体に爽やかな風が吹きつけ、ドロドロしたなにかを吹き飛ばすかというほどの衝撃。

これまで体内に溜め込んでいた澱みも、苦痛も、全て一瞬にして取り払われてしまった。

なにが起こったのかわからない。

ただ、目の前で心配そうに瞳を揺らす彼女の姿が、本物の女神のように見えた。

いや、リカルドは神のことは毛嫌いしている。〈糸の神〉だけでない。全ての神を、この身体が、心が、拒否している。

けれど、目の前のセレスティナにだけは本物の救いを感じた。

（欲しい……！）

同時に沸き起こる欲望にゾッとする。

バッと後ろに飛び退いた。顔が熱い。見られたくなくて片手で口元を押さえたが、不器用なリカルドにはそこから逃げる術がわからなかった。

モゴモゴとひとことふたこと、頭が真っ白になりながらも話したと思う。そうしてようやく、この場から逃げ去る話題を思いついた。

『単に、人に酔っただけで。――どこか、ひとりになれる場所は――』

そうして彼女は教えてくれたのだ。

とっておきの、見晴らしのいい場所を。

(おかげで、彼女がああいった景色を好むことはわかったが)

——セレスティナをイオス王国から救出し、その後、彼女を迎え入れねばならなくなった時、フィーガはまず家を用意しろと言った。リカルドが、この地下室に住みついていたからだ。

同居するつもりは毛頭なかった。異国の姫君だ。下手な屋敷には住まわせられない。

だから、かつて見せてもらった景色のお返しに、眺望のよい屋敷をプレゼントしたつもりだった。

イオス王国で酷い目に遭わされた彼女が、少しでも心穏やかに過ごせるように、リカルドの精一杯で選んだ屋敷。

侍女や使用人たちも、フィーガの協力で身元のしっかりした信頼できる者たちを採用して、なに不自由なく暮らせるように配慮した。

あとはリカルドさえ近づかなかったら完璧だ。

リカルドの本能が訴えている。

彼女を逃がすなと。捕らえて、この腕の中に抱きしめて、一生離すなと。

誰の目にも触れさせるな。リカルドだけを見るように、捕まえて、閉じ込めて、束縛して——どんな手段を使ってでも彼女を奪えと叫んでいる。

だからこそ、リカルドは恐れた。心優しく、太陽の光が似合う彼女にそんな仕打ちをしてはいけないと、理性を総動員して必死に押しとどめた。

それほどまでにリカルドの心を揺らすたったひとりの存在。

（ああそうだ、俺は、ろくでもない男で……）

かつてイオス王国の地下牢で、鎖に繋がれていた彼女の姿を思い出す。

彼女を救出するためにルヴォイア王国に手を貸したが、あの時、あの地下牢で、ボロボロになった彼女を見た時に思ったのだ。

――自分も、こうして彼女を閉じ込めてしまいたかったと。

恐ろしいほどの欲望を、制御できるとは思えなかった。

だから、この結婚では彼女を幸せにできない。

リカルドは、彼女を閉じ込めたくない。この衝動のままに奪いたくない。

今、自分にできることは、可能な限り彼女から離れることだけだったはずなのに――

「まあ、強がってあの方を突き放すのも、勝手に死ぬのもアナタの選択ではあるんですけどね。その結果くらい、知っておいてほしいなって」

嘲笑（ちょうしょう）するようにフィーガは言う。

なんだ、と低い声で返すと、フィーガは肩をすくめて教えてくれた。

「昨夜。あの方、倒れられたそうですよ？」

「え？」

リカルドの頭は真っ白になった。

かつて地下牢で鎖に繋がれた彼女の姿が脳裏に蘇（よみがえ）る。背筋が凍り、次の瞬間には叫んでいた。

「どういうことだ!?　なぜ……!!」

「よりにもよって初夜に！　花嫁を置いて！　誰にも知らせずに姿を消したアナタのせいでしょうが!!」

「は……？」

リカルドはぽかんと口を開けたまま固まった。

確かに初夜、リカルドは彼女を突き放した。そうしなければ衝動のままに彼女を奪ってしまいそうだったからだ。

少しでも早く彼女のもとから立ち去りたかった。なのに名前を呼ばれて、引き留められて、動揺して、冷たく当たってしまったことは認める。

だが、こんな男に抱かれなくて、彼女もホッとしているのではないのか？

自分で言うのもなんだが、リカルドは引きこもりの社会不適合者だ。誰かとまともに会話できるような技術は持ちあわせていない。それをクールだの冷酷だのと称する人間もいるが、要は社交性が絶望的に欠けているだけだ。

普通に生きるにしても、フィーガがいないとなにもできないダメ人間。見た目も陰気だし、男としての魅力など皆無だろう。

こんな男と結婚せざるを得なかったのはかわいそうだが、リカルドが近づかないことで彼女は幸せになれるはず。

そう信じていたからこそ、あえてセレスティナとの関わりを最小限にできるように努めたのに。

「彼女の魔力がなくなったことは、アナタも重々ご承知ですよね？」

「それは、もちろん」

イオス王国から彼女を助け出したのはリカルドだ。あの時の彼女の状態はこの目でしっかり確認している。それに彼女に触れた時も、以前のような癒やしは得られなかった。

「あの屋敷の扉すべて、あの方の魔力では開かないそうです」

「なんだって……？」

絶句した。

いや。さすがに、それはありえない。

いくら根こそぎ奪われたと言っても、身体は常に魔力を作り出すものだ。まして救い出されて一年以上経った今、魔法を使うことはできずとも、生命活動を維持するための魔力すらないことは考えられない。

その最低限の魔力すらなくなってしまったというのか。

もはや生きているのが、不思議なほどに。

「アナタは誰にも告げず、隠れるように家から出たでしょう？　そのせいで、奥様が床に倒れていたことに、朝方まで誰も気づけずにいた」

「床に？　どうして？　床……？」

「そりゃそうでしょうよ！　アナタ、乙女心ってモンがわからないんですか！」

フィーガがさすがに声を荒らげた。

そんなもの、リカルドにわかるはずがない。人の心の機微がわかるくらいなら、こんな人間にはなっていないのだ。

「初夜に旦那様に捨てられたとあらば、ショックに決まってるじゃないですか！」

「旦那と言っても、俺のような男など」

イオス王国で彼女を助けた時、彼女の意識はなかった。それをいいことに、リカルドは自分が手を貸したことを彼女に教えないように言い残して、帰国したのだ。

セレスティナのリカルドに対する感情など、なにもないはず。

彼女がリカルドに期待するはずがない。むしろこの結婚を疎ましく思っていても不思議ではない。

リカルドが消えてホッとしているほうが自然ではないのだろうか。

「うーわ！　本当になにもわかっていない顔！」

「だが」

「あのねェ！　相手が誰であろうと、初夜に放置されてショックを受けない女性なんていませんよ！　ましてや、これは表向きには国と国を繋ぐ大切な婚姻！　王族である彼女が、夫となる方に愛されないとなったら、あの方は自身の存在意義をどう思われるでしょうか！」

「それは……」

穀潰し。ふと、そんな言葉が思い浮かぶ。

かつて自分が田舎にいた頃、毎日のように親兄弟から投げかけられてきた言葉だ。

それと同じ思いを、セレスティナにさせたことになる。

「どう見ても真面目で誠実で責任感の強そうなお優しい方じゃないですか！　なのに、あんな捨てられ方をしたら！　花嫁としての役割も果たせないと思い詰めて当然でしょうが！」

「うっ」

自分と違って、セレスティナが素晴らしい人格の女性であることはわかっている。

確かに、そのように考えてもおかしくはない——と、リカルドにもようやく理解の芽が生えた。

「その上、あの方はイオス王国でも同じ目に遭っているんですよ!?　また同じ思いをさせたかったんですか、アナタは！」

「違うだろう!?　同じ目に遭わせたくないからこそ、俺は……っ！」

「ンなこと、奥様にはこれっぽっちも伝わってないんですよ！　初夜に捨てられて、突然暗い部屋に閉じ込められたとあっちゃ、怖いに決まってるでしょうが!!」

「そ、そんな、つもりは……」

肚の奥がどんどん冷えていく。

自分はなんてことをしてしまったのだろう。よかれと思って離れたが、結果的に彼女を倒れさせたのは事実だ。

幸せになってほしくて準備を整えたのに、その結果がこれか。

リカルドは人の機微に疎い。それでも近くにいてくれる者は皆、寛大だ。偏屈で、厄介で、面倒なリカルドの性質をよく理解した上で付き合ってくれている。

だが、それをセレスティナに求めるのは、間違っている。

本当にようやく、リカルドは理解した。

（だが――だとすれば、俺は――）

どうすればいいのか。

理解はできても、自分にできることがわからない。

彼女のために自分がなにをしてやれるかと考えられるような人間であれば、そもそも、こんな大ポカはしていないのだ。

「…………っ」

うろたえ、よろよろと後退する。そのまま後ろのベッドの縁に腰掛け、頭を抱えた。

「アナタが奥様を大切にしたいのはわかります。でも、絶望的にやり方が悪いんですよ」

「しかし、どうすれば」

「ちゃんと向き合って話せばいい。それだけでしょう」

「駄目だ！　――彼女に会うのだけは、絶対」

その先に待っているのは失望だ。

絶対に嫌われる。挙げ句の果てに、欲望が爆発して彼女を不幸にするのは確実だ。何度イメージしても、リカルドの未来はそこに向かう。

ならば、彼女とはもう、一生顔を合わせないほうがいい。ここに引きこもったまま、ひとりで朽ちるべきだ。

今だけだ。彼女が傷つくのも。

そう、今だけ――

臆病なリカルドには、そんな選択しかできなかった。

＊＊＊

ふと、目を覚ました。

朦朧とした意識の中で、何度も見た天井がそこにはある。

白く、幾重にも段を重ねた装飾の入った天井。古典柄が美しく、ここはリカルドの屋敷の主寝室なのかと理解した。

リカルドに捨てられてから、どれほど時間が経ったのだろう。

開かない扉の前で崩れ落ち、その後の記憶がほとんどない。

ただ、気を失っていたセレスティナに侍女たちが気づいて、一生懸命介抱してくれた。

一日経っても、二日経っても熱は下がらず、皆を心配させてしまったことは確かだ。

（主寝室――お借りしたままだったのね）

本来ならばリカルドが使うべき部屋だ。倒れた場所から最も近いベッドに寝かされたのだろうが、彼の休む場所を占拠してしまったことは申し訳ない。

ギシギシと軋む身体をなんとか起こし、周囲の様子を見る。

扉は開け放たれていた。セレスティナが自由に部屋を行き来できるよう、配慮されているのか。

大きな扉を挟んだ向こうに、セレスティナの自室の居間が見える。

そこでふと、気がついた。

（あれ？　この部屋――）

侍女たちはここが屋敷の主寝室だと言っていた。

主寝室の扉は、セレスティナとリカルド双方の部屋と行き来できるように作られているはずだが、出入り口はひとつしかない。そしてそれは、セレスティナの自室へ繋がっている。

そういえば、とセレスティナは思った。

今まで部屋の観察などする余裕がなくて気づかなかったが、この主寝室、なにかおかしい。

白いシーツには、淡い藤紫色の糸で刺繍が施され、可愛らしい花々の絵柄が入っている。枕や天蓋もフリルがたっぷりで、どこか女性らしい印象だ。調度品は白で統一してあり、とてもではないが黒騎士リカルドの趣味ではなさそうに見える。

（本当の主寝室は別にあるの……？）

しかし、日当たりがよく、位置的にもここは屋敷の一番良い部屋だろう。屋敷の主人であるリカルドが使わずに、セレスティナに与えられる道理がない。

その時、向こうの自室の扉が開く音がした。

まだセレスティナが眠っていると思っているのか、控えめな足音が近づいてくる。

現れたのは、セレスティナと同じくらいの年頃の娘だった。この屋敷に来た時から、セレスティナのことを一番気遣ってくれた侍女であったと覚えている。

紺色のお仕着せを着た彼女は、煉瓦色の髪を左右にお下げにしている。キラキラ輝くオレンジ色の瞳は快活な印象だ。

「あ！　セレスティナ様！　おはようございます。お目覚めになったのですね！」

目が合うなり彼女は、ぱあああと表情を明るくする。そして水差しの入ったトレイを手にしたまま、足早にやってきた。

「お加減はどうですか？　ああ、顔色がよくなっていますね」

彼女はセレスティナの額に手を置く。すっかり熱が下がっていることを確認すると、ホッとしたように微笑んだ。

「よかった。なにかお召し上がりになれますか？　すぐにご用意しますから！」

そう言うなり、彼女はナイトテーブル脇に置いてあるベルを鳴らす。たちまち大勢のメイドがやってきて、目の前の彼女はテキパキと指示を出していった。

「随分と寝込んでいたみたいね。心配かけてごめんなさい」

「そんな！　セレスティナ様が謝ることはございません。それもこれも全部――」

と、侍女は表情を曇らせる。

「――旦那様のせいですから」

口を尖らせ、不機嫌そうな様子を隠そうともせず堂々と言ってのけるものだから、セレスティナは面食らった。

ぽかんとしていると、すぐに彼女は微笑みをたたえ、大きく頷いた。

「だから、気になさってはいけません！　今はゆっくり養生なさるのが先です」

「え？　――ええ」

勢いに押されてセレスティナはこくこくと首を縦に振る。

こちらがちゃんと反応できることに安心したのか、彼女は肩の力を抜き、その場で一礼する。

「申し遅れました。私、セレスティナ様付きの侍女となりました、ミア・アム・フィーガロットと申します。精一杯お仕えしますね」

そう人好きのする笑顔で言ってくれた。

フィーガロットという姓に聞き覚えがあり瞬くも、すぐに彼女の微笑みに目を奪われる。

ミアからは親愛の情のようなものが伝わってきて、それが少なからずセレスティナの心を溶かした。

リカルドとは、うまくいかなかった。でも、この国自体に疎まれているわけではない。

イオス王国で経験したようなことは起こらない。人格自体を否定され、暗い場所に閉じ込められ、生きているか死んでいるかわからないような生活を送ることにはならない。そう確信できただけでも、セレスティナには十二分に意味のある第一歩だった。

――その後、さらに一日たっぷり養生し、セレスティナはようやくベッドの住人を卒業した。

よく晴れた日だ。レースカーテンの向こうから差し込む光が優しい。

「セレスティナ様、もし起き上がれるようでしたら、屋敷をご案内いたしましょうか？　旦那様――はちょっと、アレなところもありますけど、セレスティナ様を迎えるためにこのお屋敷を用意されたのです」

「わたしを迎えるため？」

「はい、そうです。それまでの棲家ではあなた様に失礼になるからと、随分悩まれたと伺っております。——なんて、私もセレスティナ様がいらっしゃるのに合わせて雇われた身ですので、詳しいことは存じあげないのですが」

驚きすぎて、声が出てこなかった。

どう考えても歓迎されていない婚姻のはずだ。けれど、セレスティナを迎えるためだけにこの屋敷を誂えたとしたら——

（調度品もなにもかも、適当に選んだわけじゃない、ということだわ）

セレスティナの雰囲気に合っていると言えばいいのか。

好みともまた違う。でも、セレスティナの見た目に合わせて、色彩や装飾を寄せてもらっているのだとわかる。単に高級なものを見繕ったのではなく、セレスティナのことを考えて選び抜かれていることは明白だ。

（それを、リカルド様が？）

ますます彼がなにを考えているのかわからなくなる。

戸惑うセレスティナに向かって、ミアはふっと表情を緩める。

「私からお渡しするのはどうなのかと申し上げたのですが——セレスティナ様、これを」

そうして彼女が懐から取り出したのは、手の平サイズの小箱だった。臙脂のビロードで覆われた箱が、目の前で開かれる。

そこには華奢なチェーンのついた、白金のブレスレットが鎮座していた。

「まったく。こういった贈り物は、殿方自らが渡すべきだと何度も伝えたのですが——」

ブレスレットにはルビーのような赤い石がひとつ揺れており、シンプルで使いやすそうだ。

ミアはブツブツと文句を言いながら、ブレスレットを手に取った。そうして、セレスティナの右手の手首にそっとはめる。

軽く、つけている感覚はほとんどない。今までもずっとそこにはめてあったかのように、見た目にもしっくりくるデザインだ。

戸惑いながらそのブレスレットをまじまじ見つめると、ふわりと、不思議な魔力がセレスティナを包み込んだ。

「——！」

もちろん、セレスティナの魔力はいまだ空っぽのままだ。だから、これはこのブレスレットから発せられた魔力だろう。どうやら赤い石は魔石だったようだ。

（小さい石なのに、こんなにもたっぷりと魔力が？　どれだけ高価な石を……？）

魔石は、体積に込められる魔力の量によって値段が変わる。小さくてたくさんの魔力が込められる純度の高い魔石は稀少だ。その価値を考えると、くらくらするような品だった。

少なくとも、蔑ろにしている相手に贈るようなものではない。

「どういうこと……？」

「この屋敷は、魔法鍵も魔導具もたくさん設置してあります。それを、セレスティナ様が問題なく使用できるようにと、旦那様がご用意なさったのです」

「リカルド様が？　本当に？」

「意気地（いくじ）なしのようで、直接お渡しする勇気すら持っていらっしゃらないようですが」

散々な言われようである。

黒騎士リカルドといえば、泣く子も黙る冷徹な騎士様のイメージだったが、ミアの態度を見る限り違うのだろうか。

困惑はますます大きくなり、もう一度ブレスレットに視線を落とす。

不思議な魔力だった。

魔力は、安易（あんい）に人に譲渡するものではない。そもそも譲渡したところで、相性が悪ければ使用することもできない。

セレスティナも幼い頃、魔法の練習の際に家族の魔力を何度か貸してもらったことがある。魔力には個性があり、セレスティナの家族のものは清廉（せいれん）な気のするものや、温かな空気を醸（かも）し出すものが多かったが、リカルドの魔力は全然違う。

（なんだか、ドキドキする）

ブレスレットをつけた右手に、どうしても意識が行ってしまう。

存在感を無視できないというか、明らかにセレスティナの中に異物として入り込んでいるのに、嫌ではない。むしろ、意識しすぎてしまってソワソワしてしまうような不思議な感覚だった。

（これがリカルド様の魔力……）

少なくとも、相性が悪くて使えないということはなさそうだ。

（そうよね。ここはわたしの屋敷でもあるのだもの。不自由なく暮らせるように、これは頂いていいものなのよね）

かつて、リカルドに与えられたはずの絶望が薄れていく。

（我ながら、簡単に絆（ほだ）されすぎね）

困ったものだと息を吐き、早速自室の扉まで歩いていく。恐る恐るブレスレットをかざしてからノブを回すと、カチャリと音がして簡単に魔法鍵が開いた。

当たり前のことなのに、胸の奥にじわりと温かい感情が広がっていく。

ああ、ようやく、この屋敷に迎え入れてもらえた——そんな感覚があった。

当たり前のことを当たり前にできる喜びを噛みしめながら、セレスティナは振り返る。そこには、ミアが満面の笑みを浮かべて立っていた。

「さあ！　屋敷の中もとっても素敵ですよ！　案内しますね！」

ミアの言葉は本当だった。

建物自体はそれなりに歴史があるのか、風情（ふぜい）を感じる。そこに上品な家具や調度品が並んでおり、伝統とモダンさがマッチした素晴らしい邸宅であった。

ルヴォイア王宮とはまったく雰囲気が違う。大国であるフォルヴィオン帝国だからこそなのだろう。様々な国の文化が取り入れられていて、どこか垢抜（あかぬ）けた趣（おもむき）がある。

セレスティナは興味深く、それぞれの部屋を見て回った。

食堂や居間、それから書庫――そう、書庫まであるのだ。元々物語を読むのが好きだったセレスティナにとっては、飛び上がりたいほどに嬉しい発見だった。

それも魔導書や兵法書が中心かと思いきや、風土記に拾遺物語、さらには女性が好むような恋物語まである。

「セレスティナ様が物語を好むと伺って、手に入る限りの書物を集められたそうですよ」

「そんな。だって、こんな――」

書物は高価なものだ。書庫の充実は、家の裕福さを示す。だからこそ読むためではなく、調度品として収集する者もいる。見栄のために、そこをそのまま応接間とする屋敷も多い。

しかし、ここの書庫は贅沢にも、純粋に本を楽しむための作りだった。

(リカルド様が、わたしのために……?)

いや、彼はこの国の英雄だ。きっとセレスティナには想像もできないほどのお金持ちで、彼にとってはこの程度、なんてことないのかもしれない。

それでも、セレスティナの好みに沿って集められた書物の数々に、彼の気配りを感じてならなかった。

「ふふ。次がとっておきですよ、セレスティナ様」

最後に連れていかれたのはこの家の四階部分だった。三階建てかと思っていたが、なんと物見窓があるらしい。

にこにこ微笑むミアに導かれるまま階段を上り、外の景色を見るためだけに存在するらしい小さな部屋に入った瞬間、セレスティナは息を呑んだ。

「さあ、どうぞ！」

大きな窓が開け放たれた。

瞬間、爽やかな風が部屋の中に吹き込んでくる。

結婚式を終え、馬車に乗って連れてこられた時は、緊張と意気消沈していたのもあって、外を見る余裕なんて全然なかった。随分と街外れに屋敷があるのだな――と思ったくらいだ。

大きな窓に縁取られた、外の風景。ここは小高い丘の上に建てられているらしく、皇都の景色が一望できた。

白く美しい王城も、結婚式を挙げた大聖堂も、街のシンボルとなる時計塔も。この街の全てが、よく晴れた空の下、キラキラと輝いて見えた。

ああ――と、セレスティナは過去を想う。

結婚する前。つまり、四年前だ。リカルドとは国際会議の場で初めて顔を合わせた。

会話する機会は一度しかなかったけれど――だからこそ、なにを話したのかはよく覚えている。

『大勢がいらっしゃるところは苦手ですか？』

各国の代表たちが集う夜会の会場。壁際に突っ立って居心地悪そうにしているリカルドのことが気になった。

『……っ、あ、いや……』

人付き合いが苦手なのか、彼はセレスティナが話しかけても、もごもごと口ごもるばかりだった。

リカルドのことは当然知っていた。各国の第一降神格の情報はほとんど頭に入っていたこともあるが、彼がかの〈糸の神〉の加護を授かっているから、余計に気になっていたのだ。

彼自身がどんな人なのか純粋に興味があった。

だから、彼の顔色が随分と悪いことにもすぐに気がついた。

『大丈夫ですか？　医官を呼びましょうか？』

『いや。不要、です。気に、しないでください――』

つっかえながらもそう答えたけれど、セレスティナが近づいた時、彼の身体がぐらりと揺れた。

慌てて支えようと手を伸ばす。その瞬間、彼が驚いたように目を見開いた。

青白かったはずの顔色が、真っ赤に染まっている。ぱかぱかと口を開け閉めして、うろたえるようにバッと後ろに下がった。

それから口元を押さえるようにして、唐突に尋ねてくる。

『あなたは今、なにを、した……？』

『え？』

『魔法か、これは……？』

なんのことを言われているのかわからなかった。セレスティナは首を傾げる。

『いや、すみません。忘れて、ください』

顔を真っ赤にしながら、彼は頭を下げる。それから困ったように視線を外し、ぽつりと尋(たず)ねた。

『単に、人に酔っただけで。――どこか、ひとりになれる場所は――』

先ほどまではフラフラしていたが、今は足どりもしっかりしている。

ならばと、セレスティナはとびっきりの秘密基地を教えることにした。そこなら、リカルドにも気に入ってもらえると思ったからだ。

ひとりになりたい時――セレスティナにはとっておきの居場所があった。それが、王宮の外れの小高い塔だった。王宮の中でもひときわ加護の強い場所なのか、清浄な気が流れている。その最上階から見るルヴォイアの景色が最高なのだ。

明るい時間なら街全体がくっきり見渡せるし、夜なら仄(ほの)かな街の明かりと、満天の星々が楽しめる。ひとりになりたい時には最適だろう。

衛兵には伝えておくから、いつでもそこで景色を楽しむといい。そこからの景色はセレスティナの宝物だからと。

ふたりで秘密を共有するように、彼にだけ伝えた。

その後、彼があの塔に登ったかどうかは定かではないけれど――


「……きれい」

この景色が証明している。彼は、あの時の会話を覚えていていてくれたのだ。

この屋敷は、セレスティナのために用意してくれたと聞いた。

わざわざ街外れのこの屋敷を選んだのは、この景色を見せたかったからではないか。
そうだったらいい。そうであったら嬉しいと、愚かなセレスティナは期待してしまう。
信じたいのだ。この景色をプレゼントしてくれたリカルドのことを。
自分のことを嫌っているはずの夫。
それはわかっているけれど、それでも、セレスティナは信じたかった。
ほろほろと、気がつけば涙が溢れていた。
もう長く――どんなに悲しくても、涸れきったまま一粒も流れなかったのに。
まだ信じたいと思ってしまう。傷つけられることがわかっていても。それでも。
(ちゃんと、向き合おう)
恐れずに、立ち止まらずに、リカルドと真っ直ぐ。
愚直なセレスティナには、それしかできないから。

第二章　閉ざされた地下室で

リカルドとちゃんと向き合いたい。

セレスティナは新たな決意を胸に、彼とどう過ごしていくか日々考えた。

だが、一日経っても、二日経っても――一週間経っても、彼は一度も屋敷に帰ってこなかった。

セレスティナはいつ彼が帰ってきてもいいように、毎日屋敷の中を整えたし、彼の勤務先にも手紙を届けている。だが、返ってきたのは一通だ。

『魔力がなくなれば注入するので、その時は魔石を送り返してください。屋敷は、ご自由にお使いください』

たったそれだけ。本当に必要最低限の言葉だった。

恐ろしく整った字でびっくりしたが、言い換えれば、お互い関わらずにいようという話である。

（なるほど、そういうことね）

理由はわからないが、リカルドはセレスティナに接触する気がないらしい。

この屋敷の奇妙な違和感については気がついていた。

どこを探してもリカルドの私室が存在しない。まるで最初から、この屋敷に住む気がなかったかのように。

（となると、取れる手段は――）

本気になったセレスティナを舐めないでほしい。これでも一国の元王女なのだ。話し合いのテーブルに出てこない相手を呼び寄せる術は、いくつか思い浮かぶ。

さて、なにから手をつけてみようか――と悩んでいたある日のことだった。

その人は突然、屋敷にやってきた。

「どもどもォ！　はじめまして、奥様！」

若草色の明るい髪に蜂蜜色の瞳。どこか気の抜けたような、へらっとした笑顔が印象的な、幼い顔立ちの男性だ。

「あなたは――」

「はァい、どうも。リカルド様の忠実な下僕、フィーガ・フィーガ・エン・フィーガロットでェす！」

日当たりのいい居間の窓から差し込む明るい光にも負けない、元気いっぱいの挨拶に、セレスティナは面食らう。

（下僕？　え、下僕って言った？　この方？）

話したことはないけれど、彼のことは知っていた。

フィーガ・フィーガ・エン・フィーガロット。〈伝達の神〉フィーガの加護を授かった第一降神格だ。

リカルドのそばに控えている姿を見たことがあるけれど、口を開くとこんなにも明るい雰囲気の男性なのだとは思わなかった。

「あ……フィーガロット」

そういえば、その姓はつい最近聞いたことがある。ミアの家名と同じだ。

合点がいった。ミアもフィーガも、ふたりともフィーガロットの家門の者だったのか。

「そうそう、そのフィーガロットですゥ！　あ、ミアは僕の従妹で。あなた様がこの国にいらっしゃると聞いた時から、それはもう張り切って『私を推薦してくださァい』って」

とペラペラ話し出すと、そばに控えるミアから「それは黙っててくださいって――」と抗議の声が飛び出した。

ふたりはかなり気安い仲らしく、目の前でポンポンと言い争いが始まる。勢いに呑まれてパチパチと瞬いていると、フィーガは目を細め、じっとこちらの顔を見つめてきた。

「ウン！　顔色、よくなってますね。熱も下がったと聞きましたが、大丈夫ですか？　無理してないです？」

「え？　ええ。大丈夫……」

すっかり向こうのペースに呑まれているが、リカルドと違ってコミュニケーションは取りやすそうだ。

「心配させてしまってごめんなさい。リカルド様は――？」

「ああ、奥様！　主があんな態度を取ったっていうのに気にかけてくださるとはなんとお優しい！」

よよよよよ、とフィーガは大げさに嘆き、目元を押さえる。

「主は今、体調を崩されていて、軍部の自室に引きこもっていらっしゃるのです」

「体調を？　もしかして、結婚式の日も……？」

「えっ？　あー……、そーォですねェ。あの時からずっと、でしょうか」

「大変！」

セレスティナは慌ててガバッと立ち上がる。

まさか彼のほうが体調不良だったとは。

リカルドの遠回しな気配りは感じている。結婚式当日の言動だけがどうしても不可解だったが、それは体調不良と関係していたのだとすれば――

（もしかして、ご自身の病気をうつさないように、とか？）

最悪だ！　と叫んでいたのも、そんな体調の日に結婚式なんて、という意味だったのだろうか。

いや、さすがにその解釈は自分に都合がよすぎる気もするが。

（でも、そんな体調なのに、屋敷でゆっくり休めもしないって……）

本当はこの屋敷こそがリカルドの帰るべき場所になるべきだ。なのにできない今、彼はどんな生活をしているのだろう。

セレスティナはリカルドの事情を知ろうともせず、のほほんと暮らしていた自分を恥じた。

「ねえ、フィーガ。わたし、お見舞いに行っても邪魔じゃないかしら？」

顔を上げて尋ねてみる。

瞬間、フィーガはその言葉を待っていたとばかりにパアアアアと表情を明るくした。

「来てくださるのですね！」

「もちろんよ」

まだ、結婚してからまともに話したこともないけれど、リカルドはセレスティナの夫だ。この屋敷で、セレスティナが過ごしやすいようにと心を尽くしてくれた。

その人が苦しんでいるのに、どうして放っておけようか。

「すぐに支度をしましょう。食事はどうなさっているのかしら？　なにか食べやすいものを持っていったほうが――ねえ、ミア？」

「セレスティナ様、本気ですか!?」

ミアはなぜか不安そうに表情を曇らせた。一体どうしたことだろう。

「でも……あの方は」

なにか言いにくそうに、モゴモゴしている。

いくら体調が悪かったとはいえ、ミアはリカルドが初夜にセレスティナを置き去りにしたことを大層怒っていた。だから、今も思うところがあるのだろう。

「お願い、ミア。行かせて」

「ですが」

渋る彼女の隣で、フィーガが助け船を出す。

「いやいや、ミア。ここは奥様の希望を叶えて差し上げるべき、だろう？」

「もう！　フィーガはいつもそうやって、調子いいことばかり言うのですから！」

ミアは頬を膨らませるが、フィーガのほうはまともに取り合うつもりはないらしい。彼女を押しのけ、ぐいっとセレスティナに迫ってくる。

「では奥様、是非お見舞いに行きましょう！　それで、奥様が食べやすいと思うものを用意していただけますか？」

「わたしが？　リカルド様の好みは――」

「あー、あの方は、なんでも召し上がりますから！　是非、奥様がよいと思うものを」

「ええ？」

フィーガの意図はちっともわからないが、選定を任せられたということだ。

今度はセレスティナがリカルドにお礼をする番だ。食欲がない時でも食べやすいものはなんだろうと考える。

ミアはフィーガに対して何事か言いたそうな目を向けながらも、仕方ないとばかりに肩をすくめた。

「あ、それから。水分はたっぷり摂ったほうがよいと思われますので、多めに」

「そうね」

用意するものを指折り数えながら、セレスティナは改めてミアと相談することにした。

「あの……セレスティナ様、本当に、本当に行かれるのですか？」

やはりミアは不安そうだ。けれど、今のセレスティナに迷う余地はない。

「もちろんよ」

胸を張って答えると、ミアもくしゃりと目を細め、わかりましたと頷いた。

リカルドがいる軍部というのは、城の東側にある騎士団棟を指すらしい。彼はここに執務室兼自室を構えており、ずっとその部屋に引きこもっているのだとか。

「リカルド様は、いち部隊の隊長でいらっしゃるのよね。訓練などは……？」

フィーガとふたり歩きながら、セレスティナは尋ねる。

「あの方自身はあまり指揮されませんねェ。日の光が苦手な体質でいらっしゃいますので、普段は副隊長に指導を任せております。まァ、あの方は別格と言いますか。陛下も特別目をかけていらっしゃいますから、一般騎士と同じ勤務体系は求められてないと言いますか」

「そうなの？」

それで許されるものなのだろうか。リカルドが一匹狼の変わった人なのだとは聞き及んでいるが、戸惑わないかと言えば嘘になる。

フォルヴィオン帝国の騎士団と言えば、とびきり優秀で、規律に厳しいことで有名だ。そんな中で、そこまでの特別待遇が許されるとはよっぽどのことだろう。

（でも……かつて他国の侵攻をたったひとりで退けた英雄ですものね）

七十三柱いる神々の中でも、〈糸の神〉は最上級神の七柱に数えられる。やがて冥界を支配するほどの圧倒的な力は、加護にも色濃く出るのだろう。

最上級神の加護を受けた第一降神格は、今現在、世界にたったひとり。つまり、リカルドは世界中の第一降神格の中でも別格なのだ。

（そんな特別な加護だもの。国も無下にできないわよね）

同じ第一降神格でも、半神の加護しかないセレスティナとは真逆だ。

心の奥がチクリと痛んだ。自分にその力があったなら――とわずかに思うも、セレスティナは首を横に振る。

（ううん、どの神様の加護を授かっていようと関係ないわ。リカルド様はリカルド様、わたしはわたしだもの）

同じ目線に立って真っ直ぐ向き合おう。そう心に決め、フィーガについていく。

しかし騎士団棟に辿りつくなり、フィーガが地下への階段を下りていくものだから戸惑った。

今から向かうのはリカルドの執務室兼自室と聞いている。それがまさか地下にあるとは思っていなかったからだ。

（日の光が苦手とは聞いていたけれど、まさか、ね）

単純に人前に出ることの比喩だと思っていた。

（でも、体質的に、とも言ってたわ……）

もしかして、本当に言葉通りの意味だったのだろうか。

地下はずらりと倉庫が建ち並んでいるらしく、鉄と石、それから黴のような匂いがこもっている。

奥へ足を進めるたびに、心拍数が上がった。

こうした閉ざされた場所に来ると、どうしても蘇ってきてしまう。かつて真っ暗な地下牢に閉ざされた時の記憶が。

呼吸が浅くなり、指先が震えた。背筋が凍るような感覚がして、足がピタッと止まってしまう。

「奥様？」

フィーガが振り返り、声をかけてくれたところでようやく、セレスティナは弾かれたように顔を上げた。

違う。ここはイオス王国ではない。

あんな恐ろしい場所に向かっているわけではない。

そう自分に言い聞かせ、セレスティナは作り笑いを浮かべた。

「ううん、大丈夫。行きましょう」

セレスティナがなにを思ったのかお見通しだったのだろう。彼は心配そうに目を細めたが、すぐに首を横に振る。

「――恐ろしいでしょうに。こんなところまでご足労いただき、申し訳ございません」

今までのへらへらした口調とは違う。フィーガは表情を引き締め、改めてセレスティナに向き直る。

「ですが、どうか。――どうか、我が主(あるじ)をよろしくお願いします」

それは切実な言葉だった。単純に体調が悪い人間の看病を任せるのとは異なる響き。

セレスティナは背筋を伸ばし、大きく頷(うなず)く。

こんなところで怖がっている場合じゃない。この向こうには苦しんでいるリカルドがいる。

今日は彼を見舞いに来たのだ。

できれば屋敷に連れ帰って休ませたいが、難しいかもしれない。だから本当に顔を見るだけ。様子を見て、必要とあらば看病をして、邪魔をしないように帰ろう。

セレスティナはそう決めて、差し入れ用のバスケットをフィーガから受け取る。そして、たったひとりでリカルドの部屋に足を踏み入れることにした。

重たい鉄の扉が開かれる。

ある程度覚悟はしていたが、部屋に入った瞬間目を見開く。

暗い色彩だ。窓ひとつない石造りの部屋の中に、最低限の机とソファー。それから、簡易のベッド。

片方の壁は大量の本で埋め尽くされているが、装飾などは一切ない、実用性だけの代物だ。

絨毯(じゅうたん)すらも敷いておらず、冷たい石の床がそこにあるだけ。

リカルドは国から特別待遇を受けていると聞いた。だから調度品くらいは、こだわりのある品が置いてあってもおかしくないのに、これではまるで独房だ。

心がざらつく。

リカルドの現状を、わかっているようでちっともわかっていなかった。あんなにも素敵な屋敷をセレスティナに与えられる人が、なぜ、と胸が苦しくなる。

リカルドは簡易ベッドの上で、背中を向けて寝そべっている。しかし、さすがに誰かが入ってきたことには気がついたのだろう。

「――っ、フィーガか！　いい加減、ひとりにしろと言っただろう!!」

「!?」

彼はガバッと上半身を起こした。

さすが黒騎士と呼ばれる男の身体能力と言うべきか。次の瞬間には目にも留まらぬ速さでベッドの上から跳躍し、こちらに襲いかかる。

背後で、バタン！　と扉が閉まる音がした。セレスティナは部屋の中に取り残され、逃げることなどできない。

大きく振りかぶったリカルドが目の前に迫る。

まさに一匹狼。己のテリトリーを侵す者は全て排除するとばかりに襲いかかられ、セレスティナは息を呑む。

――が。

「っ!?」

相手もようやく、そこに立っているのがフィーガでないことを認識したらしい。

振りかぶった手を振り下ろそうとして――ダァン！　と、セレスティナを挟み、背後にある扉に手をついた。勢いを殺しきれなかったのか、鉄の扉がけたたましい音を響かせる。

悲鳴を上げそうになるのを、セレスティナは必死に堪えた。

「――――どうし、て。あな、たが」

セレスティナは持っていたバスケットを強く抱きしめたまま固まった。リカルドの腕という檻に閉じ込められ、身動きひとつできない。

ただ、リカルドのほうが信じられないという顔をして、目の前で震えている。

「体調を崩されたと聞いて、お見舞いに」

「っ……！」

ごく至近距離で、目を合わせたまま答える。

瞬間、彼はまた一歩、ものすごい素早さで後ろに跳躍(ちょうやく)し、さらに一歩、二歩と後ずさった。

「あ、な、たが……見舞、い？」

口をぱくぱく開け閉めしながら、リカルドはうろたえにうろたえている。

脳が完全にフリーズしているのか、そのまま固まって十秒。二十秒。三十秒ほど経ってようやく、がばっと口元を押さえた。

彼の顔が赤い。もしや、そんなにひどい熱なのだろうか。

「っ、っ、っ、帰ってくれ!!」

強い拒絶に、セレスティナの肩が震える。

だが、彼がセレスティナに対して、様々な気配りをしてくれた人だということは、もうわかっている。きっと伝え方に慣れていないだけだろう。

(ご病気がうつってはいけないと思ってくださっているのね)

そう判断し、あえてセレスティナは微笑(ほほえ)みを作る。

「お気遣いありがとうございます。でも、お見舞いさせてください。大切な旦那様ですもの」

「は……？」

旦那様と呼ぶことは嫌がられるだろうか。不安を抱きながらも、セレスティナははっきりと告げた。それがセレスティナの意思表示だからだ。

このまま彼が屋敷に帰ってこず、セレスティナも彼と接触しなければ、いわゆる白い結婚になる。

書面上の関係だけの、ほとんど他人となってしまうだろう。

このまま他人として、彼の援助を受けながら悠々自適の生活を送ることは簡単だ。だがセレスティナは、そんな関係は嫌だった。

今、この部屋を見て、余計にその気持ちは強くなった。

リカルドはこの部屋での生活を望んでいるのかもしれない。けれど、これは駄目だ。そんな焦燥感(しょうそうかん)に近い想いがセレスティナの胸に渦巻いている。

「ベッドでお休みになっていてください。簡単に食べられるものを持ってきたので、食欲があれば準備しますね」

そう言いながら、セレスティナは部屋の奥に進んでいく。

余計な家具のないこの部屋で、バスケットを置けそうな場所は執務机だけだ。一旦そこを借りようかと、リカルドの横をすり抜ける。

執務机の上にバスケットの中身を出していくと、背後から声をかけられた。

「そ、そもそも！　見舞いが必要だった、のは、あなた、のほうでは……？」

心配するような声色に、セレスティナは瞬いた。自然と表情が緩(ゆる)み、目を細めながら振り返る。

「いいえ？　結婚式の当日から、リカルド様は体調がよろしくなかったのでしょう？　――わたしは、そんな事情も知らずに、勝手に拗ねてしまっただけですから」

自分の落ち度を話すのは恥ずかしい。

あの時はリカルドの事情など考えず、また捨てられたと思い込んでしまった。あの程度のことで絶望して崩れ落ちて、床で眠った挙げ句に熱を出すだなんて恥ずかしすぎる。

だから誤魔化すように、もじもじしながら告白すると、リカルドは信じられないと目を剥いて、口を開け閉めしていた。

「だが！　俺は、あなたに、最低な言葉を――」

そういう風に言うということは、彼も自分の言葉がセレスティナを傷つけたことを自覚しているのだ。かつての夫ラルフレットとは、根本的に違う。

「俺は、最低な男でしょう！　放っておいていいから、帰って、ください……！」

それは切実な叫びだった。

しかし、セレスティナにはそれが、彼が色んなことを諦めているからだと思えてならない。

(やっぱり、直接お話しに来てよかった)

でないと、彼のことを誤解し続けるところだった。彼とはちゃんと関係性を築ける。ここまでの会話でそのことを確信した。

いつしか自然と穏やかな笑みを浮かべていたセレスティナを見て、リカルドは目を丸くする。

「なぜ……どうして、そんな。俺に笑いかけ、て……？」

「リカルド様がお優しいからです」

「やさ……しい……？」

なにを言っているのだとばかりに、リカルドは口を開いた。

「あなたの目は、おかしい、のでは？　俺が、優しい……？」

黒騎士と恐れられる彼だ。この地下室に引きこもり、隊長としての責務も放置しがちな彼は、騎士団内部でも人間関係の構築がうまくいっていないのかもしれない。

優しいという言葉も、言われ慣れていないのだろうと思う。

「突き放したのは、わたしを慮ってくださった結果でしょう？　確かに驚きはしましたけれど、リカルド様がお優しい方だと、今はもう理解しているつもりです」

「なに、を……？」

「それに、お見舞いの品もちゃんと頂きましたから」

セレスティナは眦を下げ、右手の袖をわずかに捲る。そこに揺れる華奢なブレスレットを見た瞬間、リカルドはビクッと肩を震わせた。

赤い石が印象的な、可憐なブレスレットだ。シンプルではあるけれど、そこがリカルドらしい気がして、セレスティナはとても気に入っていた。

このブレスレットのおかげで、セレスティナはあの屋敷で快適に暮らせている。

「わたしの至らぬ所を受け入れ、たった三日でこんなものまでご用意くださって。リカルド様も体調を崩していらっしゃったのに、大変だったでしょう？」

稀少な魔石を使ったブレスレットだ。きっと特注に違いない。

それをすぐに作らせて、たっぷりの魔力まで込めてくれた。それを彼の気遣いと言わずして、なんと言うのだ。

「あの屋敷もそう。リカルド様、以前お会いした時のことを、覚えていてくださったのですね」

「あ！　……それ、は……！」

リカルドはうろたえ、さらに一歩二歩と後ろに下がる。ベッドの縁に膝裏が当たり、そのまますとんと、力なく腰を落とした。

やはり顔は真っ赤だ。長い前髪の合間から片方だけ見えている黒い瞳も、ずっとふるふると震えている。

「お見舞いの品ばかりか、この国にやってきて不安なわたしを、あなたは温かく出迎えてくださった。だから、わたしはリカルド様に、感謝しているのです」

「ちが……俺は。温かく、なんて……」

「少なくとも、わたしは、そう感じています」

そう言って、セレスティナはゆっくりとベッドのほうへ近づいていく。

呆けるリカルドの前で膝をつき、手を伸ばした。

抵抗はされなかった。相変わらずこちらを見つめたまま、微動だにしないリカルドの頬にそっと手を当てる。

やはり熱い。これはきっと、かなりの熱がある。

会話を続けていては、余計に負担をかけることになる。それは駄目だと思い、セレスティナはダメ押しで、彼の額に己の額を重ねた。

「やっぱり熱がありますね。お休みのところ、邪魔をしてすみません。――ほら、リカルド様。わたしの相手はいいですから、横になってください」

すぐ近くに顔を寄せて、気づいた。リカルドの呼吸が荒い。

よほど無理をさせたのかと心配になり、彼の肩を押す。そうしてベッドに横にさせ、セレスティナは水の用意をしようと立ち上がった。

しかし、ガシッと手首を掴まれ、瞬いた。

驚きながら振り返ると、眼光を鋭くしたリカルドがセレスティナを見つめている。

先ほどまでの呆けた様子とはどこか違う。真剣な眼差し――というよりも、黒い瞳の奥に読めない感情がある。

なぜか胸の奥がザワザワするような焦燥感に襲われ、セレスティナは息を呑んだ。

「俺は。あなたを、逃がそうとしたのに」

「え？」

「俺が〈糸の神〉の加護持ちだと、わかっていたでしょう？　ちゃんと突き放した、のに。のこのこやってくる、あなたが悪い――」

なんのことだろう。

けれど、きっと伝えたいことがあるはずだ。ちゃんと話を聞かなくてはならない。セレスティナは、彼と視線を合わせるため、もう一度膝を落とそうとする。

「もう、限界なんだ……！」

そのとき、視界が一転した。強く手を引かれたからだ。

なにが起こっているのかわからずに、頭が真っ白になる。かと思えば、すぐ目の前にリカルドの顔があって——

（え——？）

気がつくと、唇を奪われていた。

「——んっ」

重たいキスだった。

獣に喰われるというのは、まさにこういうことだろう。強引に唇をこじ開けられ、舌が入り込む。彼の舌は執拗にセレスティナのそれを追い回し、捕らえる。逃げることは叶わない。絡め取られたまま熱い舌を押しつけられ、嬲られる。

結婚式の日、交わされなかった口づけが、このような形で実現するとは。

乙女が夢に見るような、触れるだけの優しいものとは全然違う。激しくて、重たくて、鈍い。

セレスティナはただただ翻弄された。息継ぎすら許されず、そのままぐいっと押し倒される。気がつけばベッドの上で組み敷かれ、身動きが取れなくなっていた。

「っ、ぁ！　リカルド、様……っ」

ようやくわずかに唇が離され、彼の名を呼ぶ。しかし彼は止まることなく、再び強く唇を喰んだ。

くちゅくちゅと、あえて音を出すようにかき混ぜられ、その淫靡な響きにセレスティナの瞳が潤む。

（どうして、いきなり。リカルド様……っ）

先ほどまで拒絶の言葉を投げかけられていたから、余計にわけがわからない。

彼の優しいところは知ったつもりでいたけれど、好かれている自覚はなかった。なのにどうして、突然こんなキスをするのか。

長い口づけのあと、ようやく唇が離される。酸素が欲しくてはくはくと息をしても、頭は働かない。

「どう、して」

「〈糸の神〉にわざわざ囚われに来て、その言い様ですか？　あなたは神話を学んだほうがいい」

「え？」

「俺が。俺がどれほど、あなたを渇望していたかも知らずに……っ」

「あ、待って……！」

「待てるか！」

ブチブチブチッ、と胸元のボタンが引きちぎられた。襟ぐりを乱暴に開かれると、日光を知らぬ白い肌が現れる。

一年かけて、ようやく一般的なサイズに戻った双丘がまろび出た。それを睨めつけながら、リカルドは仄暗い笑みを浮かべる。

「無防備にのこのこやってくるなんて、あまりにおめでたすぎる。聡明だと聞いていましたが、男に関してあなたは無知すぎだ。〈処女神〉セレスの加護を受けるだけはありますね」

「あ、あ……」

「俺が〈糸の神〉の加護を受けていたことを忘れていませんか？」

ぞくりとした。

渇望、と彼は言ったが、彼の瞳に宿る色彩はもっと深く、暗い。

底冷えするような黒だ。はらりとこぼれ落ちた前髪の隙間から、隠れていた左眼が現れる。

深淵（しんえん）の黒の奥に赤い光を灯した摩訶不思議（まかふしぎ）な瞳に、セレスティナは目を奪われた。

「この血が。呪いのような、この加護が。あなたを喰えとずっと言ってるんです。わかっていますか、俺の女神？」

「リカルド様」

「俺は、一度捕らえたら離さない。そう言ってるんです……！」

がぶりと、今度は胸元を喰（は）まれた。

ちくっとした痛みが走り、彼が強く胸元に吸いついたのだと理解する。

ひとつやふたつでは足りない。彼は自身が所有者であると刻みつけるように、セレスティナの肌にいくつも印を落としていった。

さらに、圧倒的な力でドレスを引き裂くと、セレスティナの真っ白い肢体（したい）が露（あら）わになる。

それを見下ろしながら、リカルドはセレスティナの双丘を嬲（なぶ）っていった。

柔らかな肉が形を変えるほど強く揉みしだき、先端をつまみ上げる。あっという間に先端がぷくりと硬くなり、彼はそれをあえてころころと転がした。

「ぁ、ぁぁんっ！　待って、それは……っ」

「待つわけないでしょう」

乳房を揉みしだかれながら、乳首を甘噛みされる。ビリビリとした甘い刺激が走り、セレスティナの身体が跳ねた。

「清楚な方だと思っていたのですがね。こんなに淫らでしたか」

「ぁ、ぁ……だって」

今の刺激はなんだったのだろう。一瞬、頭が真っ白になって、なにも考えられなくなった。

しかし、淫らだというのは、あながち間違っていないのかもしれない。

身体の芯が熱い。疼くような鈍い感覚が満たされなくて、もっと、もっと欲が膨らむ。彼に強引に嬲られ、喜んでいる自分を自覚してしまった。

戸惑ってなにも言い返せないでいると、リカルドは自嘲するように吐き出した。

「我慢したのに。あなたを不幸にしないと、決めたのに」

「え？」

「あなたのせいですよ」

はっきりと言い切られ、セレスティナは目を見張った。

セレスティナを見下ろしながら、リカルドは己のコートを脱ぎ捨てる。黒騎士の名の由縁である真っ黒いコートだ。中のシャツの襟元も軽く緩め、躊躇なくベルトを外した。

彼がズボンの前側をくつろげると、反り返った怒張が顔を出す。血管がボコボコと浮いた凶器。禍々しいとさえ思える姿に、セレスティナは言葉を失う。

否が応でも、彼がなにをしようとしているのか理解させられた。

待って、と止めようとしても、叶わない。

リカルドはすでにボロボロになっているセレスティナのドレスを捲り上げ、下着を取り払う。そのまま股の間に身体を割り入れ、強引に彼女の膝を持ち上げた。

「かわいそうに。〈糸の神〉に魅入られたばっかりに――」

今まで、誰にも暴かれることのなかった秘部が空気に晒される。ヒヤッとした感覚にセレスティナは呻いた。

それを拒否だと思ったのか、リカルドは自嘲するように笑い、躊躇なく己の鋒をあてがう。

「――現実でも、こうして好きでもない男に一生囚われることになる」

「――――っ!?」

次の瞬間、ドスン！　という重い衝撃が全身を貫いた。

あとから襲ってくるのは壮絶な痛み。肚の奥に響くような鈍い衝撃に、全身が悲鳴を上げる。

いまだ誰にも開いたことのなかった身体が、簡単に男性を受け入れられるはずがない。しかし、それを強引に力でねじ伏せ、リカルドがセレスティナを暴く。

「よく、覚えていてください。……俺が、あなたを奪った痛みを」

「ぁ……んんんっ」

忘れるはずがない。

生理的な涙がこみ上げ、それを見たリカルドがハッとする。まるで彼のほうが傷つけられたような顔だった。けれど、止めるつもりはないらしい。

「覚悟してください。もう、逃がしてあげない」

重たい声でそう告げながら、彼は一度、己のモノを引き抜いていく。

しかし、ギリギリまで抜けたかと思えば、再びズドンと鈍い衝撃が走る。

あまりの衝撃に、セレスティナはのけ反った。しかし、彼にガッチリと押さえ込まれては、その衝撃を逃がすこともできない。

「あなたは、俺のモノになるんです」

まるで確定した事実のように告げられる。

もちろん、すでにセレスティナは彼と結婚している。だから彼のものというのは正しい。

でも、彼の言葉はきっと、もっと深く、重い。

引き返すことのできない場所に来てしまったのだと、セレスティナはようやく悟った。

「その身体、まるごと全部、俺が……っ！」

「あ、ああっ！」

衝動のままに激しく突き上げられる。

「ぁ、あっ！　リカルド様……っ！」

「くっ、名前を呼ばれると……」

もはやセレスティナの視界は虚ろだ。彼の顔に焦点が合わない。

しかし、リカルドが苦しそうに顔をくしゃくしゃにしているのはわかる。

まるで暴走だ。彼はセレスティナの奥の奥を抉るように、何度も抽送を繰り返した。

破瓜の血が潤滑油代わりになってはいるが、肌と肌が鈍く擦れ、ずっと痛みを伴っている。

相当狭いのだろう。リカルド自身も苦しそうに表情を歪めながら、必死で腰を振り続ける。彼に余裕はなく、汗がぽたりとこぼれ落ちた。

肌がバツバツとぶつかり合う音が、暗い執務室に響き渡る。城の騎士団棟で、なんということをしてしまっているのだろうとも思うが、今のセレスティナにそれを考える余裕はない。

そうするうちに身体のほうが順応しはじめたのか。痛みが別の感覚に変化するとともに、膣がうるみを帯びてくる。肌がぶつかる音のなかに、くちっくちっという水音が混ざるのが聞こえた。

「ん、ぁ……ぁんっ」

肚の奥が疼くような、火が灯るようなナニか。

感覚は次第に大きくなり、セレスティナの嬌声にも甘さが混じりはじめる。

出したことのない声が出て、セレスティナ自身戸惑った。バッと自らの口を塞ごうとしたが、すぐに手首を掴まれ、それも叶わない。

「なんだ。――あなたも、気持ちよくなっているんじゃないか」

リカルドが嘲笑するように吐き捨てた。そうして、ますます激しく抽送を繰り返す。

「なら、問題ないですね。俺が、あなたをどれだけ可愛がろうと」

「ぁ、ぁ、そこっ」

「ここ？　ああ、奥、好きなんですか？」

セレスティナの膣が締まったことに気をよくしたのか、リカルドは仄暗い笑みを浮かべた。

舌なめずりをしながら、セレスティナのいいところを重点的に攻める。そのたびに、セレスティナは脳の端がチカチカするような不思議な感覚を覚えた。

「〈糸の神〉は、結局あなたを捕まえられなかった」

彼は掠れた声で呟いた。

激しく穿たれ、セレスティナには返事すらできない。それでも彼は訥々と独白する。

「その後悔が、渇望が、俺の中に残ってるんですよ。——あなたを捕まえろ。閉じ込めて、もう二度と逃がすな、と。冥界の奥底に一緒に引きずり込んでしまいたかったと、ずっと嘆いてるんです」

「リカルド、様……」

第一降神格の中でも〈糸の神〉は別格だ。だから、それはセレスティナにはわからない感覚だった。神の加護が、神の意志を帯びて、その人を侵蝕するだなんて。

かつて〈処女神〉を神へ引き上げておきながら、結局彼女を手に入れられなかった〈糸の神〉。

セレスティナにとってはあくまで神話の一説でしかなかったそれが、リカルドにとってはそうではなかった。

彼は抗おうとしていたのだ、神の意志に。

セレスティナはそんな事情を知らず、この場所へのこのことやってきてしまった。

──だったら。

「リカルド様」

手を伸ばして、彼の背中に腕を回す。

「やっぱり、お優しい」

「──!?」

彼はセレスティナを不幸にしたくないと言った。

セレスティナを突き放したのも、やはりセレスティナのためだった。

神の意志に逆らってまで、セレスティナを逃がそうとしてくれた。

けれど、最初からそんな必要はないのだ。

セレスティナは彼のものになりに来た。

リカルドのもとへ輿入れして、ふたり一緒に幸せになるためにやってきた。

彼の渇望を満たせるのは自分だけ。セレスティナは今、ようやく自分の存在意義を見つけたのだ。

嬉しくて目を細める。

蕩けるように微笑むと、リカルドが呆けるように目を丸くした。

力が抜けたリカルドの身体をぎゅっと強く抱き寄せ、近づいてきた彼の唇に自分からキスをした。

くっつけるだけの優しいキス。でも、これがセレスティナの真心だ。

「大丈夫。奪ってください」

「……そん、な」

リカルドが震えた。恐れるような目を向け、身体を離そうとする。

でも、離してあげない。

「どうぞ捕らえて、閉じ込めて、ぶつけてください。好きなだけ」

「セレスティナ姫……」

ああ、と思う。

ようやく彼が名前で呼んでくれた。

「どうかティナと。もう、あなたの妻なのですから」

彼と家族になりたい。

祖国の家族は、皆、セレスティナを愛称で呼んだ。〈処女神〉セレスの名を授かった者としてではなく、セレスティナ自身のことを見てくれているようで、嬉しかった。

だから彼にもと、どうしても望んでしまう。

「…………ティナ」

掠(かす)れた声で囁(ささや)かれ、セレスティナは満面の笑みを浮かべた。

瞬間、リカルドはうっと口を噤(つぐ)む。かと思えば、もう我慢できないとばかりに激しく腰を振りはじめた。

「ティナ！　っ、ああ、ティナ……っ！」

「あぁぁんっ！」

すっかり火照ったセレスティナの身体は、与えられる刺激をそのまま快楽に変換してしまう。

簡易ベッドがギシギシ揺れる。この音が、声が、外に漏れることまで意識が回らない。リカルドが与えてくれる刺激を受けとめるだけでいっぱいいっぱいだった。

ザッと意識が白く塗りつぶされ、呼吸することもできない。同時に、どくんっ、とお腹の奥でなにかが脈動したのがわかった。

堰を切ったかのように、びゅくびゅくと熱いモノが流れ込んでくる。セレスティナはなすがまま、ただただ熱を受けとめた。

お腹の奥がかき混ぜられるような感覚がある。

これは魔力だ。リカルドの魔力が、直接注がれている。

長く、体内を巡る魔力の存在を感じることすらできなかった。けれども彼の魔力に包まれ、セレスティナは目を閉じる。

深くて、暗くて、重くて、熱い。決して温かくも優しくもない、なにか。

今は、この魔力が愛しい。

セレスティナは彼の精とともに、その魔力をも全部受けとめた。

きっとひどい顔をしている。髪はボサボサだし、ドレスも二度と着られないほどビリビリに引き裂かれたものが、かろうじて引っかかっているだけ。もはや取り払ってしまったほうがいいだろうに、もう指一本動かせない。

リカルドの腕の中。互いの心臓がバクバクと鼓動しているのがわかる。

痛みは快楽へ。快楽も、今は心地よさへと変化している。

セレスティナは無意識に、彼の胸元にキスを落とした。もっと彼の温もりを感じていたかったから。

――でも、それがいけなかったらしい。

むくりと、腹の奥でなにかが首をもたげた気がした。

一度反応を見せると、そのなにかはムクムクと大きく、硬くなる。あっという間に、セレスティナのナカで、彼のモノが力を取り戻したことを悟った。

「さて、ティナ」

「あ、れ……？」

「言いましたよね。好きなだけぶつけてくれと」

「それ、は……」

言った。確かに言ったけれども。

すでにセレスティナの体力は根こそぎ持っていかれている。

セレスティナは甘く見ていたのだ。この行為にどれほどの体力が必要なのか。そして、リカルドの執着を――ついでに言えば、絶倫具合も。

「俺は、あなたを逃がさない」

リカルドの瞳が妖しく光る。

結局、セレスティナは意識を失うまで――いや、失ってからも、延々と彼に貪り続けられたのだった。

＊＊＊

足りない。

全然足りない。

一回では。ひと晩では。一日、二日では、全然。

この娘を心ゆくまで貪りたい。そうすることで、リカルドは身体の隅々まで満たされていった。

セレスティナが訪れてから、どれほどの時間が経っただろう。

窓も時計もないこの部屋では、時間の感覚がまったくない。セレスティナさえ貪っていれば、リカルドは空腹すら感じないから、余計にわからない。

まだいくらでも抱ける自信がある。

ちょうど、セレスティナがいくらか水と食料を持ってきてくれている。彼女が目を覚ましたわずかな時間にそれらを食べさせ、リカルドは彼女自身を堪能した。

こんなことは、初めてだった。

セレスティナに触れていると、身体を蝕む苦痛も、鈍い身体の重さも感じることはない。むしろ、今までにないくらい身体が軽い。

かつてルヴォイア王国で初めて彼女に触れた時——あるいは彼女の魔石を与えられた時とは、比べものにならないくらいだ。

今のリカルドは身体の隅々まで力が充ち満ちていて、このままなんだってできそうだった。肉体だけではなく、気力までもが満たされている。このような暗い地下室でも世界が輝いて見えた。

それもこれも、目の前にセレスティナがいるからだろう。

〈糸の神〉など関係ない。リカルド自身が、彼女の存在に満たされているのだと自覚した。

（……不思議な感覚だ）

どうにも胸が疼くような。落ち着かず、そわそわするかのような。

彼女の身体を穿つたびに漏れ聞こえる甘い声。紫水晶の瞳が甘く蕩け、恍惚としても、苦しそうに喘いでも、快楽で前後不覚になっても、全部、全部が、リカルドの心をかき混ぜる。

もっと啼かせたくて激しく責めたてると、キュッと膣が締まる。さらに振り落とされないようにこちらを抱きしめる細い腕。彼女のなにもかもが、リカルドの隅々に満ちていく。

ああ。誰にも見せたくない。

まさに女神だ。彼女を、このままここに閉じ込めてしまいたい。

——なんて仄暗い欲望が首をもたげたが、外が放っておいてくれるはずがなかった。

ドンドンドン！　と、ノックにしては大きい音が、部屋全体に響き渡る。

「あー、あー。主ィ、起きてますー？　聞こえてますかァ？　聞こえてますよねェ？」

緊張感の欠片もないこの声はフィーガのものだ。

セレスティナが持たされていたバスケットは、彼の入れ知恵で用意されたものだろう。その中身が尽きる頃を見計らって、様子を見にやってきたというわけか。

「このままだと大切な奥方が死んでしまいますけど、いいんですかァ？」

チッ、と舌打ちをする。

セレスティナが死んでしまうなど、冗談でも口にしてほしくない。

根は忠実な臣下のくせに、人を食ったような言い回しはいつものこと。わかって言っているところが厄介だ。

しかし、そう言われてしまえば、リカルドが返事しないわけにはいかない。

「うるさい。ティナをこの部屋に連れてきたのも、外から鍵をかけて閉じ込めたのもお前だろう」

「うわあっ！　愛称だっ、あの主が愛称で呼んでるっ！」

やはりそうだ。悪びれもなく急にいつもの調子に戻るところを見ると、全部わかってやっている。

さすがリカルドを皇都に引っぱり出してきた男だけあって、こちらの転がし方をよく理解している。

ハァとため息をつき、リカルドはガシガシと頭を掻いた。ベッドの上で上半身を起こしたまま、隣に眠るセレスティナに視線を落とす。

つい先ほど意識を失うように寝入ってしまったから、しばらくは目を覚まさないだろう。現に、これだけ大きな声で会話していても、ピクリとも動かない。

銀に近いプラチナブロンドの髪がベッドに流れ、眠る姿はさながら物語の中の眠り姫だ。

彼女の柔らかい頬に人差し指を滑らせると、長い睫毛がふるると震えた。

なんと美しいことだろう。この瞼の奥に隠れた瞳がリカルドを映していたのだと思うと、それだけでまた下半身に熱が集中してくるから困る。

もう、フィーガなど無視して貪ってしまおうか。

どうせ戦闘に駆り出されない限り、リカルドに仕事などない。好きにしていいだろうと、もう一度彼女を組み敷こうとすると、ドンドンドンドン！　と先ほどよりも大きなノック音が響いた。

「ちょっと！　僕を無視してそこで奥様を可愛がるとか、やめてくださいね！　そろそろ満足してくださいよォ！」

「お前が差し出してきたくせに」

「そ、それはそうなんですけどォ……！」

扉の向こうから、萎れたような声が響いてくる。

やはりな、とリカルドは悟った。セレスティナをこの空間に差し向ければ、渇きと飢えに喘いだリカルドが手を出さないはずがないと考えたのだろう。

フィーガはリカルドのためなら、手段を選ばないところがある。一国の王女であるセレスティナを犠牲にすることも厭わないほどに。

四年半前の国際会議の場で、リカルドがセレスティナに意識を向けた日から、フィーガは裏で動き回っていた。リカルドは一生、〈糸の神〉の渇望とともに生きる覚悟があったが、フィーガはそんなリカルドの意思を無視して別の道を用意しようとしたのだ。

そのおかげで、今のこの状況があるわけだが。

（ああ、本当に身体が軽い）

フィーガに感謝する気は到底起きないが、セレスティナにならいくらでも感謝を捧げられる。

これまでは戦闘中しか生きている感覚を得られなかったリカルドだが、もうそのようなことはない。

代わりに、彼女を存分に貪らなくては気が済まなくなってしまった自分もいるけれど。

「主は頑丈で、殺しても死なないような人だからいいですけどォ、奥様が倒れてしまいますって！か弱い方なんですからね。ちゃんと食べさせて、寝かせてあげないと！」

「だったらお前が食料を運んでくればいいだろう」

「え⁉　まさかここに一生ふたりで引きこもる気ですか⁉」

当たり前だ。もうセレスティナを手放すつもりはない。

彼女にもそう宣言した。何度も逃がそうとしても逃げなかったということは、彼女も運命を受け入れたということだ。

一生、閉じ込めて他の者の目に晒さない。そんな仄暗い欲望が胸の奥に渦巻く。

「あのねェ、主。主のヤンデレっぷりにはね、まァ僕も気づいてはいましたよ。でも、囲うにしても場所を変えません？」

囲うことを否定しないあたり、フィーガは本当にリカルドのことをよくわかっている。そしてフィーガにとってはセレスティナよりも、リカルドのほうが圧倒的に優先順位が高いのだろう。

（クソ……）

セレスティナが蔑ろにされているようで苛立つが、そもそも、彼女を囲おうとしているのはリカルドの意思だ。むしゃくしゃするが、それをねじ曲げるつもりはない。

「どこにいても引きこもるのだから、同じだ」

「全然違いますって！　奥様も、同じ囲われるなら環境がいいほうが快適ですって！」

フィーガはずっと、リカルドをこの執務室の外に出させようとしてきた。セレスティナを餌にしようとしていることはリカルドにもわかっている。しかし、まんまとそれに乗るのは癪だ。

ささやかな抵抗を試みるが、口論になるとなかなかフィーガには勝てない。

「あのですねェ、今日までは僕も、地下室の前を誰も通らないように尽力しましたけどね。そろそろ限界ですからね！　──いいんですか？　奥様の喘ぎ声、他の兵士に聞かれても」

瞬間、身体中の血が沸騰する。

もちろん、いいはずがない。セレスティナの声すらリカルドのものだ。あんなにも可愛い声を、他の男に聞かせてなるものか。

リカルドは瞬時に手の平を返した。

ささやかな抵抗？　そんなものは知らない。こんな場所にはもう一日でもいられない。

リカルドはガバリと立ち上がった。

「今はまだ、ここに人が通らないようにしてるんですよォ。今のうちなら主にたっぷり愛されて乱れまくりの可愛い奥方の姿、誰にも見られずに運べますよ？」

舌打ちをする。フィーガに見せるのすら嫌だが、仕方がない。

セレスティナの服は、すでにビリビリに引き裂いた。代わりのものなどあるはずがなく、リカルドは眉を吊り上げる。

仕方がなく、シーツに浄化の魔法をかけた。自分は適当に落ちている服を拾って着て、彼女にはシーツをぐるぐるに巻きつける。

顔だけは、さすがに息苦しそうで隠せない。せめて美しいかんばせを誰にも見られぬようにと、自分の胸に押しつけた。

そうして彼女を大切に横抱きにして、リカルドは執務室の扉をガンガンと蹴る。

なにせ今、この扉は外側から鍵をかけてあるのだ。

普通の魔法鍵程度ならどうとでもできるが、これはフィーガお手製。悪戯っ子で有名な〈伝達の神〉の分身と言われるフィーガの魔法鍵は規格外の代物だ。破れないことはないが、扉ごと大破することになる。さすがに城の扉を破壊したとなれば、後々面倒だろう。

おお、怖……とぼやきながらも、フィーガはいそいそと鍵を開けてくれた。

「どもォ、お久しぶりです、主」

「チッ」

何日経ったかはわからないが、おそらく、これはただの嫌味だ。

ギロリと睨みつけるが、フィーガには全然効かない。他の男なら縮み上がるはずなのに、肝が据わっている。

「奥様のためにも、今のうちに参りましょう」

「……どこへだ」

一応、尋ねる。

セレスティナには屋敷を用意したが、リカルド自身に帰る家などない。この暗い地下室以外に、居場所なんてなかったはずなのに。

「もちろん、アナタ様方のお屋敷に、ですよ。購入なさったじゃないですか。奥様好みの眺望のいい素敵なお屋敷を」

「……あそこに住めと？　俺も？」

「奥様のことを考えたら、一番だと思いますよォ。――っていうか、そもそも。主ってば自分が住む気がないんでしたら、どうしてあんな街外れの屋敷を選んだんです？」

「それは」

指摘されて気がついた。

確かに一番の決め手は眺望だが、あの屋敷は周囲に家がない。それも、あそこを気に入った理由のひとつだった。

言われてみれば、購入前から屋敷でセレスティナを囲う気満々だったことを自覚し、うっと息を呑む。

「――チッ！　もういい、帰るぞ」

「はい。帰りましょう」

帰る、なんて言葉を使うのは初めてだ。

しかし、その言葉はするりと口をついて出た。

慣れない感情だった。リカルドの胸がソワソワと疼き、落ち着かない。

「ところで主、なんでもかんでも舌打ちするクセ、奥様の前ではやめたほうがいいですよ」

「っ、そんなこと、できるはずがないだろう」

「おや？　愛称でお呼びだから、てっきりもう砕けた関係になっていらっしゃるのかと」

廊下を歩きながら、リカルドはすっと視線を逸らす。聡いフィーガは、それだけで現状のセレスティナとの関係を正確に読み取ったのだろう。

「まさか、まだよそよそしく敬語使ってるってことは？」

「………………」

「えっ、うそ？　どれだけ緊張しっぱなしなんですか」

「仕方がないだろう！　相手は、あのセレスティナ姫なんだぞ！」

「憧れ拗らせてる……！」

簡単に普通に話せるなら、苦労はしていない。

そもそも、リカルドが敬語を使う相手など皇帝陛下とセレスティナふたりだけだ。

なんと騎士団長や宰相にすら、不遜な態度をとることが見逃されている。――いや、もはや諦められているというのが実状だろう。

（今さらながら、嫌になる）

人と関わることができない、引きこもるばかりのこんな自分が。

きっとこれから、セレスティナと長い時間を過ごすことになる。

だが、彼女にだけは諦められたくない。呆れられたくない。嫌われたくない。

そんな複雑な気持ちがムクムクと膨らみ、首を横に振る。

（いや……嫌われても、もう、俺は……）

彼女を囲うことしかできない。

だからセレスティナに諦めてもらうほかない。そんな感情を抱いて、リカルドは城を後にした。

今は朝方だったようで、外に出ると優しい朝日と爽やかな風が吹きつける。

不思議なことに、日の光を浴びても、リカルドの身体はちっとも痛まなかった。

＊＊＊

何度目を覚ましても、リカルドの腕の中だった。

薄暗い部屋の中、溺れるほどドロドロに愛されて、前後不覚のまま眠りに落ちる。たまに彼の手ずから食事を摂らされたような気もしたけれど、その記憶も曖昧だ。

（フィーガは『奥様が食べやすいと思うものを用意して』と言っていたわ）

もしかしたら、リカルドの執務室へ向かえばこうなるだろうと、わかっていたのだろうか。

ぼんやりした頭で考えるも、すぐに意識をリカルドに持っていかれる。

貪り喰う。まさにその言葉がピッタリなほどに、セレスティナは身体の隅々までリカルドに味わわれたのだった。

そうして今。

もはや朝なのか昼なのか夜なのかすら、わからずにいたけれど——

（朝……？）

目を覚ました時、直感でそう理解した。

なぜ、と思い、さらに気がつく。今、とてもふかふかしている場所にいる。リカルドの執務室の、あの硬いベッドの上ではない。肌触りのいい寝具に包まれて眠っていたらしい。

（あ……日の光……）

カーテンの合間から、柔らかな午前の光が差し込んでいる。だから、今が朝だとわかったのか。

ここは——と思い、身体を起こすと、見知った光景が目に映る。

丘の上の我が家だ。リカルドに与えられた寝室で、これまで眠っていたらしい。

（あれは、夢……？）

リカルドに激しく愛された。

以前の彼の態度を知っているからこそ、現実味があまりない。

しかし身体はギシギシと悲鳴を上げている。ふと、視線を落としてギョッとした。数え切れないほどの赤い印が、身体のあちこちに刻まれていたからだ。

ボンッと頬が上気する。

めくるめく彼との日々は、夢ではなかったのだ。

だったら、と両頬を押さえた時、後ろからにゅっと腕が伸びてくる。次の瞬間には誰かの腕の中に抱きすくめられていた。

「もう、起き上がれるようになったのですか」

「え？　あ……」

温かい。ふと声がしたほうに顔を向けると、黒曜石の瞳と目が合った。

「リカルド、様」

「ん」

「えと。おはよう、ございます」

頭が真っ白になる。とっさに出てきたのは挨拶の言葉だけ。

するとリカルドは呆然と口を開け閉めしていた。それ以外に反応はない。

「あの、おはようございます？」

なにか返してほしくて繰り返すと、リカルドが困ったように口を噤む。なぜか頬を真っ赤にして唾を呑み込んだ後「おは、よう……」と掠れた声で返してきた。

そう、反応がちゃんと戻ってきたのである！

感動に近い気持ちが湧いてきて、セレスティナは表情を輝かせる。

それを見るなり、リカルドは目をまん丸にして、ガシガシと頭を掻いた。

かと思えば、次の瞬間にはぐりんと視界が反転しており、彼に組み敷かれたのだと気がついた。

「朝からそんな、可愛い、顔をして……」

ちゅ、と口づけが落ちてくる。

あまりの甘さに目を白黒させていると、味を占めたとばかりに口づけが深くなっていく。

舌が絡まる熱。それだけでセレスティナの全身は火照ってしまい、腹の奥の欲が疼いた。

「ティナ。はぁ……」

以前とは違うため息だ。吐息の中にはっきりと甘さが混じっていて、セレスティナの心臓が大きく鼓動した。

もしかして、いや、もしかしなくても、少しは愛されているのだろうか。どうも、とても強い執着の対象になっていることは理解できているけれど。

「ティナ」

「リカルド様」

「ん、ティナ」

「――えっと、リカルド様？」

「それ」

「……？」

目をしばたたかせると、リカルドはどこか不機嫌そうにこちらを睨みつけてきた。

「いつまで俺に、様なんかつけるんですか」

「え？」

ボソッと言われて、小首を傾げた。

しばらく考えて、ようやくリカルドの要求を正確に理解したセレスティナは、おずおずと口に出してみる。

「では、リカルド。……これでいいですか？」

「言葉遣いも。俺以外の人間には、もっと砕けた言葉、使ってるでしょう？」

「でも、それはリカルドも」

「俺はこのままでいいんです」

「ええ？」

彼の主張が捻れている。

リカルドがセレスティナにだけは敬語を崩さないことには気づいている。それが引っかかったが、彼は直すつもりはないらしい。

まあ、そこは追々か、と思いつつ、セレスティナはこくりと頷いた。

「だったら、リカルド。――これでいいかしら？」

「ん」

よくできました、とばかりに、ご褒美のキスが落ちてきた。

ぎこちないあたり、彼の戸惑いも伝わってくる。しかし、それが逆に甘い。想像以上に、ずっと。

なにがどうなって彼とこんな関係になれたのかはちっともわからない。だが、接触ゼロの冷え切った夫婦関係という状態からは脱却したようだ。というか、脱却しすぎている気もする。ちっとも嫌ではないけれど。

　――ある一点を除いては。

　ムクムクと、彼の下半身あたりがなにか硬くなっているような感覚がある。

　あ、これは、と目を丸くした。嫌な予感がして、セレスティナはトンと彼の胸をつく。

「リカルド、そろそろ起きましょう？　屋敷に連れ帰ってくれたのはありがたいけれど、何日も引きこもってばかりじゃ――」

「どうして？」

「え？」

　リカルドの眼光が鋭くなった。

「俺、言いましたよね？　あなたを捕らえて、閉じ込めて、離さないって」

　言った。

　確かに言った。

　人並み外れた〈糸の神〉の執着を抱え込んで、それを全部ぶつけられた。

「まだ、駄目。あなたは俺のものです。誰にも見せない。ここで、ずっと俺に囚われて？　――ね、ティナ。ちゃんと、覚悟してくれましたよね？」

「え!?　そ、それは覚悟したけれど……！」

　しかし、「ずっと」というのはどういう意味だ。

（まさか、一生誰とも会わず、リカルドとだけ過ごせ……とか、そういう意味じゃないわよね）

たらたらと、背中に冷たい汗が流れていく。

けれども、熱を孕んだリカルドの瞳を見たら、冗談ではないことが伝わってきた。

恐ろしいことに、ずくり、とセレスティナの肚の奥も熱くなるのだ。どうやらこの数日間で、すっかり彼に身体を作り変えられてしまったらしい。

(ううん、待って？　駄目よ、これは)

欲に流されるのは簡単だけれど、身体がついていかなくなる未来が見える。いや、その前に、社会生活を営む人間としてそれは駄目だろうという道徳観が働いた。

「落ち着いて。リカルド、あのね」

彼の肩を押しながら、どうにか距離を取る。なにか冷静になる方法はないかと考え、提案した。

「そう、お風呂！　ね。わたし、お風呂に入りたいの」

「風呂……？」

リカルドは不可思議そうに片眉を上げ、小首を傾げる。

「ああ、たくさん汗をかいていますね。——では、これで」

瞬間、爽やかな風が身体を包み込んだかと思うと、髪も肌もツヤツヤになっていた。

まさか、予備動作なしで魔法を発動するとは。いくら生活魔法と言っても、ここまで見事に制御する人は見たことがない。

「なにこれ、すごい」

生活を便利にするための魔法はある程度普及している。人によって魔力には特性があるから、誰もが簡単に扱えるものではないが、こうして身体をサッパリさせる魔法は基礎中の基礎だ。

しかし、それは決して入浴に代わるものではない。体表の汚れを分解するのは非常に細かな魔力のコントロールが必要なのだ。髪の一本一本までサラサラにできるなど、聞いたことがない。

「これでいいでしょう？　――では」

「っ、ちょ、待って！　違うの！　そういう意味ではないの、リカルドっ」

予想だにしない方法であっさりと解決されてしまい、セレスティナは焦った。

なにかうまい言い訳を考えなければ。頭の中が真っ白になりながらも、どうにか言葉を探す。

「あのね、リカルド。わたし、お風呂に入る行為が好きなの。まだ色々混乱してて――お湯に浸かって、ホッとしたいの。だからちょっとだけでいいの、ひとりの時間をちょうだい？」

「湯に……？」

しかしリカルドは、それをどういう意味に捉えたのか。しばらく考えた後、セレスティナの身体を抱き上げる。

「きゃっ!?　なに……!?」

そのまま大股で部屋を闊歩したかと思えば、居間を越えてさらに隣の小部屋へ移動していく。

居間と浴室は続きになっていて、空のバスタブが目に映った。白い浴槽に金の猫足がついた愛らしいもので、セレスティナのために設置されたと思われる。

リカルドは予備動作なく魔法でバスタブに湯を溜めていく。湯気が浴室に充満していき、肌の表面を潤す。

久しぶりの入浴と心躍るが、いやいやここはもっと冷静になるべきだ。

この状況。リカルドの考えていることは手に取るようにわかる。

次の瞬間には、ザパッとふたりで湯船の中に浸かっていた。どうやらリカルドは、セレスティナを抱いたまま入浴させるつもりらしい。

リカルドの膝の上で、彼と向き合うかたちでガッチリと抱きかかえられている。湯船の温度は熱すぎることもなく心地いい。だが、これでは考えていた入浴と全然違う。

ひとりで落ち着きたいから提案したのに、リカルドと一緒では元も子もない。というより、余計にドキドキしてしまう。

「入浴か——あまり慣れてはいないですが」

感慨深そうに呟きながら、リカルドはセレスティナの背中をなぞる。

慣れていないとはどういうことだと突っ込みたくなるが、そんなことを考える余裕などすぐに奪われてしまった。

お湯に浸かった身体は滑りがよく、彼の愛撫とともに、ゾクゾクとするような快感が押し寄せてくる。彼に愛され続けたセレスティナの身体は、以前よりもずっと感じやすくなっているらしい。

「風呂の意義など、感じたことはなかったですが。こうして、あなたと入るのは——」

セレスティナの髪が湯船に浮かび、彼はそれを楽しげに指先に絡めていく。

ちゃぷん、ちゃぷんという水音が妙に淫らに聞こえる。

「とてもいいかもしれませんね。あなたの肌が火照って。こうして触れると、吸いつくようだ」

「あっ、リカルド……」

彼は腰からすぅーっとなぞり、やがて乳房に触れた。

くにくにと揉みしだかれると乳首の先がツン、と硬くなる。それに気をよくしたのか、リカルドがますます調子に乗って、ころころと転がしはじめた。

セレスティナの火照った身体はほんのりと色づき、彼の与えてくれる刺激に簡単に反応した。

——駄目だ。このままではのぼせるまで愛されてしまう。

セレスティナはどうにか彼の腕の中から逃れようとした。

じゃぷん、と音を立てて離れようとするが、彼はじゃれつくようにますますセレスティナを求めた。

いつの間にか足が絡まり、余計にきわどい状態になっている。彼の熱く硬くなったものが大事な部分に当たって、セレスティナは目を白黒させた。

「リカルドっ、わたし、まだ身体も洗っていないのよ⁉」

自分でも、意味をなさない言い訳だなと思う。けれども、他にうまい言葉が見つからない。

「どうせ、また汚れますから。後でも——……いや」

彼は押し黙り、なにかを考えたあと、閃いたような顔をする。

「そうだ、ここは風呂か。どうして思いつかなかったんだ」

ボソボソと呟いたかと思うと、不意に立ち上がった。ザバーッと音を立てながら、彼だけが風呂から外に出ていく。

まさか、助かった？　とホッとしたのも束の間、彼は小さなバスケットを抱え、すぐに戻ってきた。

様々な種類の香油瓶やら石鹸やらが入ったバスケット。おそらく、どれがなんなのか理解していないのだろう。浴槽の手前にそれらを置き、真剣な表情でひとつひとつ確認していく。

（本当に、普段から使わないのね……）

少し焦るような仕草を見せるリカルドの姿に、セレスティナの胸の奥がズキンと痛んだ。

入浴ひとつとっても、彼は慣れていないのだ。それは、彼がどれほど長い間、あの地下室に引きこもって生きてきたのかを思い知るのに充分だった。

生活魔法に長けていたのもそうだ。入浴の必要がないように、彼は魔法ひとつで清潔さを保つ手段を得ていた。人として当たり前の営みを、これまでしてこられなかったのだ。

彼との爛れた生活から脱却するべき、なんて焦りは心の片隅に追いやられる。

今はそれより、普通に生活するための当たり前のことを、彼と共有したい。そんな思いが芽生えていた。

「そうね、どれがいいかしら」

「ティナ？」

半ば無意識に、手を伸ばしていた。

リカルドにも合うような、さっぱりした香りのものを選んであげたい。それがどの瓶に入っているのかわからず、それらしいものを適当に手に取ってみた。

まずは琥珀色の液体が入った瓶を選び、ぱかりと蓋を開ける。

「あっ！」

しかし、リカルドが反射的にセレスティナの手首を掴んだ瞬間、パンッと瓶が弾かれた。

こぽこぽこぽと音を立てながら、見事に瓶ごと浴槽の中に沈んでいく。その中身が温かな風呂の中に広がっていった。

リカルドがしまったという顔をするも、もう遅い。周囲にふわりと、甘ったるい香りが広がっていく。爽やかさとはほど遠い、花のような香りだ。

「す、すまない」

さすがに全部ぶちまけるつもりはなかったのだろう。リカルドの瞳が不安そうに揺れる。

逃がさないとばかりにギラギラした目を向けていた人が、一瞬で弱った顔になる。

一方、セレスティナはブクブクと沈んでいく瓶を見ていた。中身が全部ぶちまけられているから仕方がないことではあるが、容赦なく充満する濃すぎる香りに、なんだか笑いがこみ上げてくる。

「ふふっ、うふふふ」

我慢しようにもできなくて、セレスティナは口元を押さえて笑った。

それを見たリカルドがぽかんと呆けているが、こみ上げる笑いはなかなか止まらない。

「だって。こんな、全部っ、子供のいたずらみたいな……っ」

ばしゃんっ、と湯船をかき混ぜると、ブクブクと泡が立っていく。ますます香りが濃くなり、リカルドはオロオロするばかり。

彼の表情が崩れたのが余計に面白くて、セレスティナはクスクスと笑う。ついでに悪戯心が掻き立てられて、もっと湯をかき混ぜることにした。

「もったいないから、このまま使ってしまいましょう？　ふふっ」

ぷくぷくと、あえて湯船を泡だらけにしながら、セレスティナは自らの身体も洗っていく。

白い泡をたっぷりと肌に擦りつけると、気分も高揚するというものだ。ついつい無邪気にはしゃいでは、リカルドのほうに顔を向ける。

「ね、リカルドも……」

当初の目的などすっかり忘れて、彼の身体も洗おうとした。

しかし、彼が完全にセレスティナに見惚れていることに気がついた瞬間、ハッとする。

（っ、誘ってどうするのよ、わたし!?）

今さら気づいてももう遅い。

すっかりリカルドのスイッチを入れてしまったようだった。

彼はざばっと再び浴槽に入ってきたかと思うと、後ろからセレスティナの身体を抱きすくめる。

石鹸のせいでツルツルに滑る肌を確かめるように、大きな手が何度も往復した。

「あ、あんっ」

濃い香りがするせいか、意識がぼぉーっとしそうだ。

彼の愛撫がいつも以上に心地よくて、セレスティナもとろんと瞳を細めた。しかし、そのたびにハッとして、ふるふると首を横に振る。

「っ、リカルド、違うのっ」

「なにが？　誘ってきたのはあなたでしょう？」

「誘ったわけじゃ……んんっ」

いよいよ下腹部に触れられ、セレスティナは身を捩る。しかし、どこに触れてもツルツルと滑って力は入らないし、そもそも背中側から抱きすくめられて、抵抗のしようがない。

「ただ、わたしは身体を綺麗にしようって」

「ん、だから。今。綺麗に」

「綺麗にって、これは——」

絶対目的が違う行為だと思うのに、駄目だ。すっかり身体が蕩けてしまい、どうしようもない。

背中に、彼の熱くなったモノが擦りつけられているのがわかる。

セレスティナが欲しいと強く主張するかのように、彼は執拗にそれを押しつけてくる。同時にセレスティナの蜜口に指を触れては、くにくにと弄っていった。

もうすっかりと彼に愛されたセレスティナの身体は簡単に蕩けきり、彼の指を二本、三本と咥えてしまう。ぬめりを帯びた湯も手伝って、あっという間に準備は整っていた。

「あ、待っ——あああっ」

リカルドが、喉の奥で笑う。

次の瞬間には腰が持ち上げられ、下から貫かれる。

一気に奥の奥まで彼の熱杭を受け入れることになり、バチバチと視界が弾けた。軽く達してしまったらしく、全身に震えが湧き起こる。

汗と湯と湯気で火照った身体を擦り合わせながら、彼は肩口に顔を埋めた。

「まったく、あなたはどこまで俺を、縛りつけるんだ……っ」

いや、それは語弊がないだろうか。縛りつけているのはリカルドのほうだ。

けれど、耳元で呟かれる声が、妙にセレスティナの心に響いた。余裕のない声に耳の奥から蕩かされて、甘く息を吐く。

じゃぶっ、じゃぶっと湯を揺らしながら、リカルドはセレスティナを穿つ。湯が揺れるたびに濃い香りがますます充満し、セレスティナ自身も高まっていった。

(きもち、い……)

ここ数日、たっぷり愛されて自覚させられた。セレスティナはこの行為が嫌いではない。――いや、むしろ溺れそうになってしまっていることに。

全身が歓喜に震え、こんこんと欲が湧き出る。一方で、この行為に耽ってはいけないと理性で押しとどめようとする自分もいた。

それでも、この水音と香りに意識が奪われ、流されてしまいそうだ。

「リカルド……っ」

うわごとのように名前を呼び続けると、彼はますますセレスティナを食い尽くそうとする。

とろみを帯びた湯にまみれ、ツルツルになった肌を堪能しながら、やがてセレスティナの頬に触れた。

彼の手に導かれるようにして、後ろを向く。

火照(ほて)っているからか、いつもよりも彼の血色もいい。それがなんだか嬉しくて、セレスティナも手を伸ばす。

(そういえば、リカルド、いつも髪を――)

どんな時も後ろでひとつに括(くく)っている赤い髪。セレスティナを愛する時はもちろんのこと、眠っている時すら、おそらくそのままだ。

もしかしたら髪を解くという行為にすら執着がなさそうで、セレスティナは無意識に彼の後頭部に手を伸ばす。

しゅるん、と髪紐を解くと、リカルドがわずかに目を見開く。不思議そうな顔をしているが、セレスティナも自分の行為の意味がわからなかった。

ただ、梳きたいと思ったのだ。彼の綺麗な赤髪を。

彼の赤髪が泡だらけの湯船に浮かぶ。手櫛(てぐし)で梳くと、同じように彼もセレスティナの髪に指を絡める。

もちろん、ふたりは繋がったまま。互いに互いの身体を洗い合うように、じゃれあうように、愛する行為に耽(ふけ)っていく。

セレスティナが果て、リカルドが何度かセレスティナの中に精を吐き出しても、行為は終わることがなかった。

いつしかセレスティナが意識を失い――目覚めた時、やっぱり彼に愛され、それに流されて――

それが何度か繰り返されてようやく、やってしまったと頭を抱えることになるわけだが。

今回の行為のせいで、リカルドがセレスティナと一緒に入浴することをすっかり気に入ってしまったらしい。

（リカルドは、部屋に引きこもって、眠ること以外なにも知らないから）

地下のあの部屋にたくさんの本が積み上げられていた。だから、読書が慰めだったことは察している。けれど、セレスティナの前ではそれもなおざりだ。

まるで新しいおもちゃを手に入れたかのように——いや、それ以上に、彼はセレスティナのことばかり構いたがる。

ベッドの上での行為や、一緒の入浴だけではない。

今までは食事すらも必要最低限だったのだろう。ふたりで食事をすることも、その際に挟まれる軽い会話すらも。なにもかもが新鮮らしく、リカルドは戸惑いながらも、セレスティナとのふたりの生活にのめり込んでいった。

そう、ふたり。

本当にふたりきりだった。

リカルドは侍女や使用人すら部屋に入れず、彼はセレスティナだけを閉じ込め続けた。

何日も、何日も、リカルドの腕の中で求められ続ける。

この主寝室から続くセレスティナの部屋には、生活に必要なものがひと通り揃っていたし、食事はセレスティナが気を失っているうちにリカルドが運んでくれた。

そうして、本当に誰の目にも触れず、セレスティナはリカルドに囲われ続けた。

彼の欲も体力も底なしで、永遠とも思える時間、彼に愛され続け——

解放されたのは、おおよそ半月後。

セレスティナは元々身体が丈夫ではない。箍が外れたように愛され続けた結果、再び高熱を出して倒れてしまったからだった。

「なにやってるんですか、あなた様は！」

部屋の向こうから大きな声が聞こえてくる。

女性の声だ。セレスティナはぼんやりとした意識の中、これは侍女のミアの声かと理解する。

「こうなるんじゃないかなァとは思ってましたけど、やっぱり抱き潰しましたね、主ってば」

「フィーガも、わかっていたのなら止めてください！　セレスティナ様がおかわいそうです！」

「でも一回潰さないと、加減ってわかんないものですからねェ」

フィーガもいるのだろう。寝室と続きになっている居室で、なにやら問答をしているようだ。

「そもそも、フィーガ！　目的のためなら手段を選ばないにしても、セレスティナ様を道具にしないでいただけますか!?」

会話はどんどんヒートアップしていく。

その場にリカルドもいそうなものだが、彼の声は聞こえない。大丈夫だろうか。

身体を起こすと、額に置かれていたらしい氷嚢が落ちた。まだ熱があるのか、身体の感覚がふわふわしている。

それでも、言い争いを止めなければという気持ちがセレスティナの身体を動かした。

ふらふらする身体を支えながら、居室へ続く扉に手をかける。

普段なら、ここにブレスレットをかざして魔法鍵を開けるのだが、今のセレスティナにその意識は働かない。ごく自然に扉に手をかけると、まるで鍵など最初からかかっていなかったかのように、あっさり開いた。

「ねえ……」

「――――!?」

掠れた声で呼びかけると、そこにいた三人が驚いたようにこちらに振り返った。

やはりミアとフィーガ、そしてリカルドが揃っている。なんだか久しぶりにリカルド以外の人の顔を見てほっとしたのも束の間、リカルドが予備動作なしにセレスティナの目の前まで移動してきた。

目にも留まらぬ速さというのはこのことを言うのだろう。ガバリと、フィーガとミアから覆い隠すようにして抱き込んでくる。

「ん、んんん、んん!」

胸元にぎゅうぎゅうに顔を押しつけられ、呼吸もできない。抗議代わりに彼の胸を叩くと、しまったとばかりに、慌てて力が緩められた。

「リカルド、こうも強く抱きしめられたら、息ができないわ」

「す、すま、ない……」

「もっと優しくして?」

「…………ああ」

大人しくこくりと頷くリカルドと目を合わせ、セレスティナは微笑んだ。

これまで暴走に次ぐ暴走で大変だったけれど、話はちゃんと聞いてもらえる。わかってくれて嬉しいと頬にキスを落とすと、リカルドはみるみる顔を赤くした。

「ミア。僕、なんだかとんでもないものを見ているような」

「ええ、私もです」

居間の中央ではミアとフィーガがぽかんとした表情でこちらを見ている。

リカルドのことだ。彼らにすらセレスティナの姿を見せたくなかったのだろうが、さすがにそれはやりすぎだ。この千載一遇のチャンスをセレスティナが逃すはずがない。

「リカルド、ちょっとミアたちと話があるの。いいわよね？」

「それは」

本当はすごく嫌なのだろう。眉間にぎゅっと皺を寄せながら、おおいに葛藤している。

それでも、力で強引にねじ伏せるつもりはないらしい。リカルドはリカルドなりに、セレスティナを抱き潰してしまったことを気に病んでいるのだろう。

だからあえてセレスティナはふらつくように、彼に身体を寄せる。そのままゼェゼェと荒く呼吸すると、彼はわかりやすいほどにうろたえた。

「……っ、ミア！　ティナを！」

「はい！」

罪悪感を利用するようで少し心が痛むが、こうすれば介抱するよう指示を出さざるを得なくなる。

ガバリとリカルドに抱き上げられ、寝室に連れ戻される。

これまでリカルドとの愛の巣だった寝室に、ミアの足を踏み入れさせることに成功した。安堵しながら、セレスティナはミアに視線を向ける。

「心配かけたわね、ミア」

「いいえ。お目覚めになってよかったです！　まだお熱がありますね。食べるものと、薬湯をご用意します」

「ええ、ありがとう」

テキパキと必要なものを挙げていく。この機を逃してなるものかとばかりに、ベルを鳴らして他の使用人たちまで呼び、部屋に出入りする人間を増やしていった。

一方のリカルドは、看病に関してはちっとも自信がないのだろう。セレスティナのすぐ隣に陣取りながらも、オロオロするばかりだ。

さすがにかわいそうになってくるが、ここは心を鬼にするしかない。

「ねえ、フィーガ」

今度はフィーガの名を呼んだ。

相手が男性だからか、それがフィーガであっても、リカルドの機嫌が急降下していくのがわかる。

しかし、ここで日和ってはいけない。

「リカルドは黒騎士団の隊長の任についているのよね？」

「はい。奥様、そうです」

先ほどの会話からも、フィーガは、目的のためには手段を選ばない男であると理解した。

リカルドにセレスティナを差し出したのもそうだろう。きっと、リカルドがセレスティナを囲い込もうとすれば、あの地下室から出てこざるを得ないことまで読んでいた。

セレスティナはおそらく、そのための駒にされたのだ。

だが、嫌ではなかった。

フィーガの一番大事なものは、おそらくリカルドだ。態度こそ砕けたものではあるが、その行動理念をはっきりと感じる。

リカルドは、あの地下室に引きこもっていた。それに対して、もどかしい気持ちがあったのだろう。セレスティナも同じことを思ったのだから。

リカルドを外に出すという目的を達成したのであれば、次にフィーガが考えていることも、なんとなくわかる。

「それで、リカルドのお仕事の予定はどうなっているのかしら？　つきっきりで看病してもらえるのは嬉しいけど――」

あえてリカルドの顔を見上げてみる。

やましいところがあるのだろう。ふいっと視線を逸らすあたり、非常にわかりやすい。

「リカルドは、とても重要な責任を担っているのでしょう？　わたしが独占しては、この国の民に申し訳が立たないわ」

キュッと彼の服の袖を掴むと、リカルドがわかりやすく、うっと呻いた。しかし、すぐに真剣な顔でセレスティナを見据えて口を開いた。

「俺をみくびらないでくれますか。俺にとっては、常にあなたが最優先だ。ずっと、ここにいます。心配しなくていい」

ふたりきりで閉じこもる方向に話を持っていこうとする。さすが、我を押し通す強さはピカイチだ。

国民や責任とセレスティナを天秤にかけて、余裕でセレスティナを取るあたり、なかなか手強い。

チラッとフィーガに視線を向けると、頑張れ！　とばかりに目で訴えかけてくる。

なるほど、ここは共同戦線だ。セレスティナは大きく頷き、リカルドに向き直った。

「ずっとわたしにつきっきりでいてくれたでしょう？　リカルドとたくさん過ごせて、わたしは嬉しかった。でも、リカルドの同僚の皆さんにご迷惑をかけるのは本意ではないわ」

「そんなものはどうとでもなります。あなたが気にすることじゃ——」

「嫌なの。わたしのせいで、あなたの評価が下がるのが」

「うっ」

よし、もうひと押しだ。それを察知し、セレスティナは言葉を選ぶ。

「大事な旦那様だもの。新婚で、周囲も理解してくれると思うけれど、それに甘えてばかりじゃ駄目よ。今が一番大事な時なの。わたしのためにも、お仕事を頑張ってほしいわ」

「ううう……！」

真っ直ぐ向き合って告げると、リカルドは目に見えてたじろいだ。

リカルドがまともに働いていないことは、フィーガから聞き取り済みではあるが、この際、そんなことは知らなかったことにする。

「だって、あの黒騎士様よ？　あなたを頼りにしている人は、いっぱいいるわ。わたし、そんなあなたが誇らしいの」

「うううう……！」

リカルドはセレスティナにとことん甘い。だから、こう言ってしまえば、セレスティナの期待に応えようとしてくれるだろう。

それは、愛――なのだろうか。

いや、また少し違う感情のような気もしないでもないが、おそらく、彼の構築するとても狭い人間関係の中にセレスティナは入り込むことを許された。そしてセレスティナは、少しでも彼に、もっと外の世界を見てほしい。

彼に愛されていることを全身でわからされた今、自分を愛してくれるリカルドと、もっと広い世界で生きていきたいと、そう望むようになったから。

「ね、リカルド。わたし、あなたの話をもっと聞きたい。だから今夜帰ってきたら、今日のあなたのお話を聞かせて？」

「……っ」

両目をぎゅーっと閉じて、リカルドは天井に顔を向けた。

脳みそをフル回転させて考えているのだろう。欲望と理性、ついでにセレスティナの提案とお願い。色んなものを天秤にかけながら、答えを選び取る。

「…………わかった」

リカルドの後ろで、フィーガが両手を上げて喜んでいた。

ミアも信じられないと、二度、三度リカルドの顔を見ているし、なによりもセレスティナ自身、彼がその結論を選び取ってくれたことが嬉しかった。

「わたしはここで、大人しく身体を休めて待っているから」

「ああ」

「心配しないで。ちゃんと、いい子にして寝ているわ」

彼の服の袖(そで)を引っ張って、リカルドの頬(ほお)にキスを落とす。

「旦那様のお帰りを、お待ちしています。気をつけて行ってきてね」

誰かの帰宅を待てるというのが、こんなに嬉しいことだと思わなかった。

リカルドはきっと、今夜はここに帰ってきてくれる。

セレスティナの大切な旦那様。

彼と過ごすことは大変ではあるけれど、また彼と会える夜が今から楽しみでならない。

きっとこれは、幸せな結婚にできる。

そう確信しながら、セレスティナはリカルドを送り出したのだった。

そうして、リカルドと丘の上の屋敷で暮らす日々が始まった。

セレスティナとしては、まずはリカルドの部屋を用意したかったけれど、断固拒否された。もともと、狭い地下の執務室にセレスティナを閉じ込めるつもりだった彼のことだ。部屋を分けることなどありえないらしく、屋敷にいる時はセレスティナにぴったりくっついている。

まるで監視のようで、少しだけ息が詰まる。セレスティナとしては、もっと肩の力を抜いてくれていいのにとも思うが、その感覚がリカルドにはわからないのだろう。でも――

（リカルドは、ラルフレット様とは違う）

執着し、閉じ込め、囲い込もうとするけれど、根本が違う。それだけは確かだ。

リカルドの想いは、はっきりとはわからない。でも、きっと、ここからだ。彼はセレスティナと向き合い、話を聞いてくれる。

ずっと引きこもっていたのに、納得して外に出ることを選んでくれたこともそうだ。受け入れ、変化しようとしてくれている。

もちろん、根っこの部分は変わらない。

抱き潰されて、翌朝ふたりして起きられないことは一度や二度ではなかった。

フィーガが社会不適合者と評する通り、リカルドは驚くほどに自由だ。セレスティナを抱いているうちに火がついて、翌日も翌々日も部屋にこもりきりになり仕事を放棄することなんてしょっちゅうで、よくそれでクビにならないなと呆れることもある。

国も国で、リカルドに甘すぎるのだ。

セレスティナの中で、燻（くすぶ）るような想いがある。

どうしてこの国は、こうも彼に甘いのか。

結局のところ、圧倒的なリカルドの力を手放せないからだろう。だから普段の生活態度などどうでもいい。いざという時に力を振るってくれさえすればいいと、開き直っているのではないだろうか。

セレスティナは厳（きび）しい顔をして考え込む。

そんな風に諦めていては、関係性など築きようがない。単に、互いに楽をしているだけだ。でも、それは――

（あまりに寂しい）

――などと考えてしまうのは、セレスティナのエゴなのだろうか。

この日はリカルドを送り出し、自室にひとりだった。だからどうしても、そのようなことをぐるぐると考えてしまう。

まだまだセレスティナの身体は弱く、起き上がれない日もあるが、今日は比較的体調がよく、書庫から手慰（てなぐさ）みの本を持ってきている。とはいえ、リカルドのことを考えるので頭がいっぱいで、ページがなかなか進まない。

そんな時だった。

《あー……えぇー……奥様、奥様、聞こえてますか？》

それは、あまりに突然だった。誰もいないはずの部屋の中に、唐突に声が響いてきたのだ。

「え？」
パッと顔を上げたが、やはり誰かがいる気配はない。
《あ！　ちゃんと聞こえてますね！　どうもどうも、フィーガです》
一体なにが起こっているのだろうか。フィーガはリカルドとともに、騎士団へ顔を出しているはずだ。ひとりだけ先に帰ってきたのだろうか。
一体どこにいるのかとキョロキョロ周囲を見回すが、彼の姿は見えない。代わりに、ふよふよと宙を浮く、薄緑色の光球のようなものがあった。
《これ。光の球、見えますゥ？　僕、ここから声、出してるんですけど》
「……魔法？」
《そうそう。魔法っていうか、加護ですねェ。ほら、奥様、僕の加護はご存じで？》
「〈伝達の神〉の」
《はい、それです！　これ〈伝達の神〉サマサマの、超便利な加護なんですけど》
セレスティナは瞬いた。
「まさか、離れたところから声を？」
《ですです。実は、それなりの距離ならコイツで会話できちゃうんですよ。便利でしょ？》
「……すごいわね」
改めて、これが第一降神格の力かと実感する。セレスティナには到底ない力だ。
昔ならすごく羨んでいたと思うが、今は不思議とそのような感情が湧いてこない。純粋に感心し、優秀な補佐官がリカルドのそばにいてくれることにほっとする。

《主のいない今のうちに、ちょこっと提案なんですけどォ》

わざわざ声を潜めてフィーガは告げる。

《奥様、体調はどうです？　午後あたりから、動けたりしません？》

「えっと。まだ少しだるいけれど、午後からなら大丈夫かしら。なにかあるの？」

昨夜もリカルドにたっぷり愛されてしまったので、正直、まだ身体は重い。これをゆったり回復させるのもセレスティナの仕事だから、今は無理せず休んでいたのだ。

《これは提案なんですけどォ、奥様、抜き打ちで主の職場訪問、しません？》

「え？」

セレスティナは目を丸くした。

職場というのは、以前訪れた騎士団棟のことだ。

もしかして、リカルドが再びあの地下室に引きこもろうとしているのだろうか。急に心配になって、ガタリと椅子から立ち上がる。

《あっあっあっ！　勘違いなさらないでくださいね。以前みたいなのでは――いや、その節は、だまし討ちで連れていったみたいになって、僕も反省していると言いますか、本当にすみません……》

「いいえ。いいのよ、それは」

確かにやり方は、あまりよくなかったかもしれない。

まさか何日もあの部屋から出られなくなるとは思わなかったし、とんでもない経験を積んでしまった。ああなるのがわかっていて連れていったのだから、相当タチが悪い。
　けれども結果的には、セレスティナにとってもリカルドにとっても、よかったと思う。
《今日は、もっと別のお誘いで！　明るいところで！　他の騎士たちもいる元気な職場なんですゥ！　主、とうとう他の騎士の指導を任されることになっちゃって——って言っても、もともと隊長の業務ではあるんですけどね！》
　これまでのらりくらりとサボっていたというわけだ。
　わかっていたことだが、改めて、どれだけ自由を許されていたのだと頬を引きつらせる。
《ほら、主ってば、あんな感じでしょ？　神出鬼没のミステリアス騎士ってことで、若手の騎士は案外憧れてたりもするんですけどォ、それはそれ、これはこれで》
　フィーガが言いづらそうに言葉を濁す。セレスティナも、リカルドの状況をなんとなく理解した。
《みんな怖がっちゃうし、主も主で、戦闘能力と指導力は比例しないっていうかァ》
　きっと天才肌なのだろう。努力型のセレスティナにはありありと想像できる。感覚で全てを対処できてしまう人の教えは、本当に参考にならないのだ。
　彼の部下にあたる騎士たちが途端に不憫に思えてくる。
《指導自体は、これから慣れていくと思うんですけど、人間関係は手助けしてあげたいと言いますか。ほら、主のためにも》
　うまくいかなければ、やる気を失ってまた引きこもりかねない。
　こういうことは、はじめが肝心だ。セレスティナは大きく頷いて、光球に向き直る。

《そこで！　奥様の出番ってわけです。穏やかで優しい奥様が見学にいらっしゃったら「あんな素敵な女性と素敵な家庭を築いている方なんだ」って主の好感度もアップ！　親近感が湧くってモノですよ》

なんだかとても、責任重大な役割を任されてしまった。

ただ、リカルドの同僚に挨拶すること自体はやぶさかではない。むしろ、今後ともリカルドを頼むと伝えておきたい。

「ちょっと買いかぶりすぎのような気もするけれど、わたしも皆様にご挨拶に行きたいわ」

《ありがとうございます！　――あ、でも》

急にフィーガの声が翳った。一体どうしたのだろうと、パチパチと瞬く。

《今回は先に言っておきますけどォ。主のことなんで嫉妬して、反動で奥様にヒドイコトをしたり、囲い込んで閉じこもったりとか。まあ、色々やらかしそうではあるので、そこは――》

覚悟して来いということなのだろう。

フィーガの言うことはよくわかる。セレスティナも同じ想像をしたのだから。

それでも、もう覚悟は決めていた。

「わかっているわ。それでも、きっとそれがリカルドのためだもの」

というわけで、久しぶりの外出である。

リカルドが嫌がるから屋敷から出ないようにしていたが、今日は当のリカルドに会いに行くのだから問題ないだろう。というか、反動からの囲い込みは織り込み済みだ。

向こう一週間はベッドの上から動けなくなるだろうなと覚悟しつつも、セレスティナはどこか浮き立つような気持ちでいた。

落ち着いたフォッグブルーのワンピースは、襟や袖に白いレースがたっぷりとあしらわれており、抜け感があって爽やかだ。騎士団棟へ向かうので華美すぎず、かといって地味すぎない上品な印象になるよう、形の綺麗な衣装を選ぶことにした。

髪は軽く編み込んで、後ろでひとつに束ね、ワンピースと同じ色のリボンで纏めた。屋敷の中ではあまりしない格好で、気持ちも上がる。

自分が必要とされているのだと実感すると、嬉しくてセレスティナの胸が膨らんだ。

リカルドは驚くだろうけれど、この訪問が彼にとって少しでも良いものになるといい。皆への差し入れもしっかり用意して、意気揚々と城へ向かった。

当然、話もきちんと通っていたようだ。

城につくなり、フィーガがニコニコと出迎えに来た。

「奥様ありがとうございます！　——ちなみに、主はこのことを知らないので、奥様に気づいた時の反応には注目ですね！」

「まあ！」

口元で人差し指を立てながら笑うフィーガに、セレスティナもくすくすと微笑んだ。

遠くから訓練中の騎士たちのかけ声が聞こえてきて、その力強さにますます気分が昂揚していく。

フォルヴィオン帝国の騎士団は本当に優秀だと聞く。だから、どのように訓練しているのか純粋に興味もあるのだ。

城の東へ向かっていき、石造りのアーチをくぐり抜ける。四方を高い石壁に囲まれたそこが、騎士団の訓練場だった。

ちょうど模擬試合をしているところらしく、抜剣した騎士たちが打ち合っている。その熱気に呑まれ、セレスティナは息を呑んだ。

その中にひときわ目を引く集団がいた。

ほとんどの騎士が一対一であるのに対して、訓練場の中央で打ち合う者たちは、見るからに人数の比率がおかしい。

一対七？　いや、もっとか。十人はいるかもしれない。圧倒的な人数を相手に、長剣ひとつでいなしている男がいる。

鮮やかな赤い髪が揺れた。黒のコートを翻し、次々と襲い来る騎士たちを軽く薙いでいく。

相手の振りかぶった剣の勢いを利用し、体勢を崩したところを長い足で蹴り上げる。

かと思えば、後ろから襲ってきた男に対してザッと飛び上がる。くるりと後ろに回転して男の背後を取り、肘で背中を突いた。

剣を持っているが、彼がそれを振るえば簡単に勝負がついてしまうのだろう。訓練用のものなら命を奪うことはないかもしれないが、それでも大怪我をさせかねないほどの実力差だ。

だからリカルドは、剣は相手の攻撃を受け流すためだけに使い、ほぼほぼ体術で応戦していた。

驚くべきは、その体術がまったく型にはまっていないということだ。

おそらく独学、というより彼の感性による動きなのだろう。

人体の限界を無視した圧倒的な動きだ。あの細い身体から、その俊敏さ、力強さがどうやって湧いてくるのか不思議で仕方がない。

「アレで、まだ特大の魔力を隠し持っていますからねェ。ま、バケモノです」

〈糸の神〉の力をそのまま受け継いだと言われる爆発的な魔力。たったひとりで一軍と匹敵するという力を使わずとも、この実力である。

(フォルヴィオン帝国が手放さないわけね)

少々の素行不良など、余裕で目を瞑れるほどの実力。それを目の当たりにして、セレスティナは思った。

(なんて、難儀な)

セレスティナのように中途半端な力しか授からないのも大変だが、大きすぎる力に振り回される彼はそれ以上だろう。

「ふふっ」

と思えば、横でフィーガが笑っていた。

「主ってば、今日はとっても調子がいいみたいですね」

「そうなの?」

「ええ、あなた様のおかげです」

驚きで目を見開き、フィーガの横顔を確認する。

普段は人を食ったような表情ばかりしているフィーガが、頬を緩め、眩しそうにリカルドを見ていた。

「主が、日の光が苦手だというのはお伝えしておりましたね」

「ええ」

「それに限らず、本当に――本当に駄目だったのですよ」

「なにが？」

「生きることが」

時間が止まったような気がした。

それは、全部だ。彼の全て。その意味を受けとめかねて、セレスティナは胸元で手を握りしめる。

「生きて、呼吸をするだけで苦しい。全身が痛み、身体を動かすことも億劫なほどに。――十年以上前、僕があの方を見つけた時、あの方は世界の全てを呪っていた」

セレスティナは唇を噛んだ。そんなこと、全然知らなかった。

「あの方の加護は特別です。本来、人間に与えられるものとしてはあまりに強すぎる加護。――実際、七柱いる最上級神の加護を受けた人間は、歴史を遡っても数えるほどしかない」

それはそうだ。

神々に愛されしルヴォイア王族の血族を見ても、最上級神の加護は初代神皇が受けた〈天空神〉ルヴォイアスの加護まで遡る。それほどまでに稀で、第一降神格の中でも特別な存在だ。

そんなとんでもない加護を授かった人間が、普通に暮らせるとは思えない。なのに、セレスティナはそんな事情を知ろうともしなかった。

「〈糸の神〉は命を絶ち切ることで冥界を支配した、まさに戦神。そのせいで、あの方は戦っている時しか、まともに身体を動かすこともできなかった。だから国の要請がない限り、あの地下室で、言葉通りずっと苦しんで眠っていたのです」

「だったら、前の国際会議の時は」

例の国際会議でリカルドと会った。あの時は体調不良を押して、無理に参加していたのだろうか。それが成人した第一降神格の義務だから。

「ええ。そこで、あの方の全てが変わる出会いがあった」

もしかして、とセレスティナは思う。

リカルドと〈糸の神〉の関係性は密接だ。彼の言動や考え方を見ていても思う。〈糸の神〉と非常に近いものがある。

そして、〈糸の神〉とまるでシンクロするかのように求めているものがあった。

「――わたし？」

「そうです。〈処女神〉の加護を授かったあなた様と」

リカルドはセレスティナと出会い、なにかが変わった。

確かに〈処女神〉は、〈糸の神〉と因縁がある存在だ。

神になりきれない中途半端な半神。だからセレスティナは大きな魔力こそ授かったけれど、それを生かせるような特別な力は与えられなかった。

第一降神格であって第一降神格ではないような、複雑な気持ちを抱いて生きてきたのだ。

けれど——

向こうで戦うリカルドを見た。

太陽の下、自由に身体を動かしながら、活き活きと戦っている。

いや、戦闘時だけではない。このところ、彼は外に自由に出られるようになった。それは、生きていることが苦痛でなくなったということだ。

セレスティナと出会い、結婚したことで。

(——ううん、違うわ。あの地下室にお見舞いに行った日からよ)

結婚しただけでは、彼の体調はよくならなかった。やはり地下室に引きこもり、なんとか呼吸をしていただけ。その上、暴れようとする〈糸の神〉の渇望を抑えきれず、セレスティナを襲った。

だが、結果として彼は変わったのだ。

〈処女神〉には、なんの力もないと思っていた。少なくとも神話上では〈糸の神〉が冥界に堕ちるきっかけになっただけで、なにをしたわけでもなかった。

けれども、もしかしたら。

(わたしが。わたしだけが、リカルドを癒やせる……？)

胸の奥に膨らむ、ひとつの希望。

そうだったらいい。誰の、なんの役にも立てなかったセレスティナが、リカルドの役に立てているのかもしれない。それはとても嬉しく、誇らしいことだ。

目頭が熱くなるのを、ぐっと堪(こら)える。目を細め、騎士たちと戦うリカルドを見つめた。

あの人に囚(とら)われ、囲われ、何度も抱かれた。そうした日々の中で、情が湧かないはずがなかった。

セレスティナを欲してくれた大切な旦那様。

そんな彼のことを、特別に想わないはずがない。

無口で、なにを考えているのかわからなくて、強引で、どうしようもないところもあるけれども。

それでもセレスティナを求め、甘えてくれる彼の存在が愛おしい。

胸の奥に宿る熱を感じつつ、セレスティナはぎゅっと胸の前で手を握った。

「こんなものか！　お前たち！」

十人抜いてそれでも足りず、さらに十人を相手する。どれほど集中しているのか、こちらに目もくれず戦い続ける彼のことを、周囲の騎士たちも驚きの目で見つめていた。

どちらかと言えば、畏怖(いふ)だ。

誰かが「バケモノだ」と呟くのが聞こえた。やさぐれるように、「訓練したところで勝てるはずがない」と。

周囲がリカルドの圧倒的な強さに線を引いていく。それが心の奥でチリチリと燻(くすぶ)る。

そうじゃない。彼には、もっと――！　そう思ったところで、ふと、リカルドがこちらの方向に顔を向けた。

「!!」

横から攻撃してきた騎士をいなして吹き飛ばし、バッと後ろに跳躍(ちょうやく)する。

「——ここまでだ！」

リカルドは唐突に訓練を中断し、疲労で崩れ落ちる騎士たちを無視して、一足飛びにセレスティナの前に辿りついた。

「ティナ！」

「リカルド。——ふふ、来ちゃった」

などと、あくまでもセレスティナの思いつきであるかのように言ってのける。こうしておけば、周囲への咎はないはずだ。

一方のリカルドは、早々にセレスティナの姿を皆から隠そうと、自らが壁になっている。

「ねえ、リカルド。皆が指示を待ってるわよ？」

放置したらいけないでしょう？　と突っついてみた。リカルドはうっと言葉に詰まり、振り返る。

「十分の休憩と——いや、この後は自由訓練——」

「十分！　十分よ！　規定通り！」

セレスティナが割り入るように大きな声を出すと、周囲の騎士たちが面食らったような顔をしてこちらを見る。中には、ぷっと噴き出す者もいて、少しだけ安心した。

危なかった。このまま彼と一緒に真っ直ぐ帰宅コースになるところだった。

「リカルド、わたし、どうしてもあなたが訓練しているところが見たかったの。だから、これで終わりだなんて言わないで」

「だが」

リカルド相手には要望を具体的に伝えたほうがいいことを、セレスティナはすでに理解している。はっきりと見学がしたいのだと告げると、リカルドはぐっと空を仰いだ。

目元を押さえ――これは、考えている時の顔である。己の中の欲望と、セレスティナの希望、色々なものを天秤にかける際、彼はじっと押し黙るのだ。

「……………わかりました」

「ふふ、嬉しい！」

手を叩いて喜ぶと、リカルドはぎゅぎゅっと眉間に皺を寄せた。

機嫌が悪いか、あるいは機嫌がよすぎるか、いずれにせよ極端な時に見せる顔である。彼は無言でセレスティナの腰を抱き、訓練場の入り口から外に出る。

人目がなくなった瞬間、視界がリカルドの顔でいっぱいになった。

キスだ。すっぽりと彼に抱き込まれて、キスをされている。

「――あなたは、屋敷で大人しくしていては、くれないのですか」

少し責めるような口調に、彼の本音が垣間見えた。

リカルドはいつだって、セレスティナを閉じ込めたい。そんなことはわかっている。

「わたしが外に出る時は、あなたと一緒か、あなたのもとへ向かう時だけ。それでは駄目？」

「――――っ」

目を合わせて尋ねると、リカルドはわかりやすくうろたえた。

そのまま耳まで真っ赤にして、そっぽを向く。

「本当に？」

「ええ、本当に。約束する」

なんとなく。これだけは、絶対に守らないといけないと感じた。

彼の中で許せるギリギリのラインだ。

彼がセレスティナへ向ける執着は重く、深く、おそらくセレスティナでは理解できないようなもの。だが、わからないからといって踏みにじってはいけない。

本当は誰にも見せず、囲い、捕らえ、閉じ込め、一生飼い慣らしたいと、彼の本能は訴えているのだろう。

そこを、彼は少しだけ譲歩してくれた。己の渇望を押しとどめ、セレスティナに自由をくれた。

ならばセレスティナも、彼に対してなにかを捧げなければいけない。

ここを越えたら、なにかが壊れる。

セレスティナ自身もそれを本能で察知したからこそ、迷いなく約束した。

「必ず約束するわ。リカルド」

あなたの檻に囚われてあげる——そう微笑み、今度はセレスティナからキスをした。

——その後、リカルドは十分という休憩時間をきちんと守った。

それだけでフィーガは手を叩いて称賛したし、他の騎士たちも驚いたようだ。

ついでに、皆の視線がリカルドではなく、後方で見学しているセレスティナに向けられていた。

興味が隠れていない。津々すぎる。

それに気づかないリカルドではなく、どんどん機嫌が急降下している。

明らかに不機嫌な様子だったが、セレスティナが所望するなら訓練しないわけにはいかないと、彼は渋々騎士たちの指導を始めた。

始まったのは魔法訓練だった。

黒騎士団というのは、元々魔法が得意な騎士の集まりで、ここ第七部隊はその中でも特殊な加護を授かった者ばかりが集まっているのだとか。第一降神格こそリカルドとフィーガだけだが、それ以外も全員が第二降神格という特別な才能を持った者たちばかりなのだとか。

しかもそれだけで三十人ほどいるあたり、人材の豊富さがうかがえる。

(っていうか、そんな特別な人たちを三十人も放置していたの!?)

国としての大損失なのでは、と、元王女としてはくらくらしてくる。

ここは四方に結界が張れる特別な訓練場で、魔法攻撃も自由に撃てる。東側の壁に設置された的に向かって、各々が魔力を放出していた。

魔法というのは、どの神の加護を授かるかで限界値が決まる。

例えば攻撃魔法の場合は戦闘、あるいは攻撃に準ずる属性の神の加護を持っているかどうかで、能力が段違いなのだ。

セレスティナとて、それなりに魔法は学んでいる。しかし半神の加護では、どんなに頑張って攻撃魔法を撃とうとしても、中の下程度の威力しか出ない。

訓練を見ていると、適性の有無が一目瞭然だった。

適性を持つ者は、自分の身体よりも大きな炎を放出したり、的を風で切り裂いたり、地面を隆起させたりと、見た目もなかなかに派手な魔法を放っている。

こればかりは、自分の適性を見極めて伸ばすしかない。それでも、必要な加護を持たない者はもどかしいだろうなと、セレスティナはなんとも言えない気持ちになった。

「あの、隊長っ！」

そんな訓練の様子を見守るリカルドに、ひとりの若い騎士が話しかけた。

「自分、ずっと隊長に憧れていて！　直接ご指導いただけるのが嬉しくて仕方がないのですが！」

まあ！　とセレスティナは思った。

当たり前と言えば当たり前だ。なにせ彼は、かの黒騎士。その圧倒的な力の虜になる人がいないはずがない。

（リカルド！　頑張って……！）

さて、どう反応するのだろう。ワクワクしながらリカルドに視線を移すと、セレスティナはあっと口を開いた。

――なんということだろう。彼は例の、不機嫌な時とすこぶる上機嫌な時にだけ見せる、特大の顰めっ面を浮かべて固まっているのだ。

（え？　ええと？　多分、すっごく喜んでいるほう、よね……？）

ストレートすぎる好意にどう返答すればいいのかわからないのだろう。

耳がほんのり赤いから、照れているだけのはずだ。しかし、これでは機嫌を損ねたと勘違いされてしまう。

「自分は〈水の神〉イオルミーネの加護を授かっているのですが、火の魔法も中級程度は扱えるようになりたいのです。どうすれば効果が強くなるのか、ご指導いただけないでしょうか！」

しかし、さすがの若手騎士である。勇猛果敢に話しかけるという気概のある若者は、リカルドの顰めっ面程度では折れない。真剣な眼差しで、必死に訴えている。

「…………っ」

リカルドはますます顔をくしゃくしゃにした。

あれは、どう伝えればいいのかわからない顔だ。

彼が口下手なのはわかっている。質問されても、それに返答する技術を持っていないのだろう。

ぎゅっと唇を引き結び、眉間に深い皺を寄せたまま微動だにしない。

いつの間にか、セレスティナ以外の者たちもリカルドの動向に注目していた。息を呑みながら、世界最高峰の魔法騎士の答えを待つ。

「中級程度、だろう？」

ゆらりと、リカルドが手を前にかざす。

彼は言葉にするより、実践してみせることを選んだようだ。

「火の魔法は、こう。炎を呼び覚ます感覚を、手の平に集めて。――こうだ」

絞り出すような声で説明しつつ、詠唱も予備動作もなしで炎を生み出し、向こう側にある壁全面を覆い尽くした。

……凄まじい業火である。結界があるから危険はないものの、これほどの炎、山ひとつくらいならあっという間に焼き尽くしてしまいそうだ。

息を吸うように大魔法を見せつけられて、若い騎士だけでなく、他の者たちも口元をひくつかせている。

違う、そうじゃない。と皆の顔にありありと書いてあった。

これではアドバイスにならない。気まずさだけが残るという最悪の展開になってしまう。

(リカルド！　もう一歩！　お願い！)

(あの騎士様は、せっかく勇気を出して話しかけてくれたのよ！)

周囲が沈黙に包まれた。

この人から指導を受けても、理解できない。そんな壁が作られようとしている。

あまりにもどかしく、セレスティナは近くで見ていたフィーガにアイコンタクトを送る。

しかしフィーガは助け船を出さず、今は見守るのみという心づもりのようだ。

むしろ、出番ですよ、と言われている気がする。

腹を括らないといけないのか。ごくりと唾を呑み込んで、セレスティナは彼らの近くに歩いていった。

「ちょっといいかしら？」

声をかけると、リカルドだけではなく若手騎士までもが驚いたように振り返った。

「リカルド、あなたの感覚はとってもすごいわ。でも、誰もがあなたが感じるのと同じように、できるわけではないのよ。もっと動きを分解して、噛み砕いてみないと」

「分解……？」

セレスティナの言葉に、リカルドはパチパチと瞬いた。

おそらく、初めての言葉だったのだろう。どういうことだ、と興味深そうにこちらを見る。

「ええーっと、こほん」

返す返す、セレスティナは加護に恵まれていない。それでもルヴォイア王国の出だ。神々の力を借りることに関しては、どこの国の者にも引けを取らない自負(じふ)がある。

「魔力っていうのはね、本来、神様へのお願いの対価として捧(ささ)げるものだと、わたしの祖国では考えられているの」

向こうの壁に設置された的を見定めながら、セレスティナは説明していく。

「たとえば、〈火の神〉の加護がある者は、火の適性を持つわよね。これは、火の属性を持つ〈火の神〉との繋がりがより強固だからだと言われているわ。自らに加護を与えてくれている神に、直接祈りが届くためなの。リカルド、あなたもそうね？〈糸の神〉は火、水、土、風——全ての属性に精通しているから、その加護を持つあなたは、どの属性も思いのまま。でも、それらの加護を持たない者は、そうはいかない」

「火に精通した神の加護がある者は、神に直接希(こいねが)えばいい。だから火の魔法を容易に扱える……ということですか？」

その通りと、セレスティナは微笑(ほほえ)んだ。

「魔法に慣れない者が詠唱するのはこのためよ。直接の加護がなくとも、声自体は神に届いているもの。詠唱は、神に祈りを届きやすくするための呼びかけにすぎないわ。そうやって、一時的に力を借りられるようにお願いするの。その対価として魔力を捧げる」

セレスティナは目を閉じた。

この身体は空っぽだ。どれだけの時間が経っても、魔力が戻ることはなかった。だからもう、元に戻ることは諦めている。

それでも、神への祈りを忘れた日なんてない。

「無詠唱の場合も同じ。単純に魔力を放つわけじゃない。魔力は祈りとして、神に捧げる。神へ向かって、力を貸していただけるように強く希うのが大事なの」

周囲が、わっと声を上げた。

セレスティナは目を閉じたまま、〈火の神〉の存在を強く感じていた。まるですぐそこで見守ってくれているような感覚さえある。

不思議なことだ。以前は、魔力を放出するための穴という穴が塞がっているような気分だったのに、今日は外に出て気持ちが切り替わったからだろうか。

風が吹き抜け、セレスティナの髪をさらう。それがなんだか心地いい。

手の平に熱が集中するような心地がする。懐かしい感覚だ。中級程度でも、かつてのセレスティナは充分魔法が使えていたはずだから。

あの頃の感覚を思い出し、自然と身体がその熱を放出する。

次の瞬間、ゴオオオオ！　と、轟音がして、ハッとした。

パチリと目を見開くと、反対側の壁が炎で包まれていた。先ほどのリカルドに勝るとも劣らないとんでもない威力だ。

セレスティナはぽかんとしながら、隣に立つリカルドに尋ねてみる。

「リカルド、わたしの代わりに実演してくれたの？」

「は？」

「やっぱりすごい炎ね。――っとまあ、ここまではいかないと思うけれど、神にきちんと祈りが届けられるようになれば中級程度の魔法は――」

「あなただろう！」

遮るように呼びかけられて、セレスティナは瞬いた。

ガシッと両肩を掴まれるが、なんのことかよくわからない。

「今の炎は、あなたが！　あなたが放出したではないか！」

「え？」

「…………っ、よかった」

次の瞬間には強く抱き込まれていた。

誰にも憚ることなく、強く、強く。

「あなたに魔力が戻って、本当に……！」

いつものリカルドからは考えられないほど感情のこもった声に、誰もが息を呑む。セレスティナも戸惑い、なにも言葉が出てこなくなったところで、誰かが大きく手を叩いた。

「おっ、おめでとうございます！」

その祝福は、周囲の者たちに伝播していく。

「なんだかもう、わけがわからないけど！　奥方、すごい……！」

「あれで火の加護なしなんですか⁉　自分も、できるようになるかな？」

「隊長！　最強夫婦じゃないですか！」

「さすがあのルヴォイアの姫君ですね……！」

皆は、セレスティナが魔力を失っていたことなど知らなかったはずだ。けれども、リカルドの様子からなにかを察したのだろう。拍手喝采で称えてくれる。

セレスティナとしては、魔力放出の噛み砕き方を伝えたかっただけなのだが、なんだかとんでもないことになってしまった。

（っていうか、今の、本当にわたしが……？）

いつの間にかリカルドではなく、セレスティナが取り囲まれるような形になり、周囲の騎士たちの熱に圧倒される。

色々なことが呑み込めず呆けていると、今度はガバリと視界を塞がれた。

「――――っ」

リカルドだ。周囲の関心がセレスティナ一手に集まっていることに気づいたのだろう。急に警戒心を持ちはじめ、険しい表情を浮かべた。

「見るな」

なにを焦っているのか、唐突に覆(おお)い隠される。顔を彼の胸にぎゅうぎゅうに押しつけられ、苦しいくらいだ。

同時に、ぶわりと彼の魔力が強く放出されるのを感じた。

逃げたくなるほどの圧倒的な覇気(はき)——ここにいるのは魔力が豊富で抵抗力も強い者たちばかりなのに、そんな彼らが悲鳴を上げるほどの。

「彼女は、俺のものだ」

突然とんでもない宣言をするものだから、その場の誰もが絶句する。

一体なにが起こったのか。ただ、セレスティナが称賛されるのを、リカルドがひどく嫌がった。強い執着心を隠そうともせず、周囲を牽制する。

頭が真っ白になるのも束の間、気がつけばふわりと身体が浮いていた。どうやらリカルドに抱き上げられたらしい。

「ちょっと、リカルド」

彼の暴走を制止しようとするも、無駄だった。

リカルドはトンッ、と跳躍(ちょうやく)し、周囲の騎士たちの輪から抜けて足早に訓練場の外へ向かう。

「リカルド、駄目よ。訓練は!?」

「……っ」

彼からの返答はない。いや、眉間(みけん)に皺(しわ)を寄せたこの顔が返事だ。

彼の機嫌が急降下していることに背筋が凍る。

やりすぎたのだ。リカルド以外の騎士たちに、セレスティナは近付きすぎた。結果、リカルドと他の騎士たちを取り持つ作戦は、ものの見事に砕け散った。

（失敗した……）

リカルドはそのまま訓練自体を放棄し、城を出た。

向かう先は丘の上の屋敷だ。気がつけば身体が宙に浮いていて、セレスティナは悲鳴を上げる。

（飛行……!?）

飛行の特性を持つ者は多くない。そこまでの力を持つのかと〈糸の神〉の加護の凄まじさを改めて思い知る。

セレスティナは彼の腕の中で凍りついたまま。彼の圧倒的な力に驚くことしかできなかった。

街の外れであるはずの屋敷に、あっという間についてしまい――ドサリとベッドに下ろされる。

厚手のカーテンの閉ざされた寝室は、昼間なのに薄暗い。そんな中、セレスティナはリカルドの腕の中に閉じ込められた。

訓練場を出てから、リカルドはひとことも声を発していない。底冷えのするような瞳を向けられると、漆黒の瞳の向こうにぎらぎらとした赤い色彩が見えた。

感情が昂ると宿る光。最上級神に魅入られた彼だからこそ宿る、強すぎる加護の輝きだ。

お前を逃がさない。誰の目にも映さないという欲望が滾っている。

しかし、リカルドは苦しそうだった。

制御しきれない渇望を抑えようと、自身と戦っているのだろう。額に汗がびっしょりと浮かび、呼吸は荒い。

「リカルド……」

震えながらも彼の名前を呼ぶと、彼はカッと目を見開く。次の瞬間には唇を奪われていた。

余裕のない、深く激しいキスだった。

角度を変えながら、やがて口腔を犯される。じゅぶり、と唾液が混ざり合い、淫靡な音を立てる。

溢れた唾液が頬を汚すが、それを気にする余裕もない。

「ぁ……ふぁ………っ」

苦しい。息を継ぐ暇もなく、永遠とも感じる時間を彼に貪られる。

どんどんと胸を叩いて抗議しても、聞き入れてはもらえない。

「あなたは、どこまで俺を追い詰めれば気が済むんですか」

低く、暗い声だった。背筋が凍るほどに冷たく、セレスティナは唇を噛みしめる。

嫉妬という言葉では表現しきれない、もっと深く重たい感情だ。それを正面からぶつけられ、セレスティナは言葉を失う。

「あなたのおかげで、俺は自由を手に入れ――あなたのせいで、俺は縛られた」

どういう意味だろう。わなわなと震えながら彼を見つめると、ギロリと鋭い視線が返ってくる。

「やっぱり無理だ。あなたが望むから、頑張った。――けれど！　あなたが他者に笑いかけるのも。他者が、あなたを見つめているのも……！」

「リカルド」

「俺には、こんな感情、耐えられそうにない……!!」

ビリビリビリ！　と布を引き裂く音が響いた。

肌が一気に空気に晒(さら)され、服を破かれたのだと後から意識が追いついてくる。

彼は引き裂いた布を纏(まと)めて、手を伸ばす。そのままセレスティナの両手を束ね、手首にぐるぐると布を巻きつけた。

「っ……!?」

セレスティナは言葉を失った。

薄暗い部屋で手首を拘束される。それは――

――呼び覚まされるのは、あの、閉ざされた真っ暗な部屋。

心の奥底に焼き付いたかつての記憶に、心臓が嫌な音を立てる。

「待って、リカルド……！」

制止するも、聞き入れてはもらえない。彼はさらにセレスティナの服を引き裂き、こちらを見下ろした。

仄暗(ほのぐら)い瞳。リカルドという名の檻(おり)に拘束されている心地がして、息を呑む。

今度はセレスティナの頭部に腕が伸びる。

ぞくりと、全身に悪寒が走った。

彼がなにをしようとしているのか。それを瞬時に理解し、セレスティナは声を荒らげる。

「嫌！　それだけは嫌！　やめて!!」

真っ暗な部屋の中、この身体が朽ちるほどに魔力を搾取された日々。

あの時の記憶がセレスティナを支配し、震えが止まらなくなる。

「お願い！　嫌なの！　やだ、やめて……っ!!」

バタバタと足をばたつかせて反抗するも、相手は黒騎士だ。敵うはずもない。あっという間に布で目元を覆われて、視界を塞がれる。

背筋が凍るような心地がし、セレスティナはかつての絶望を思い出す。

世界が暗黒に呑み込まれていく。

ああ、このままセレスティナの世界は閉ざされるのだ。

目の前の誰か。

これは、誰？

セレスティナを縛る、この人は。

そんな誰かにも捨てられて、セレスティナは。

きっとこの部屋の中で、一生、誰にも話しかけられず。触れられず。忘れられ。ひとり朽ちていき——

い、い、あの時の感覚が鮮明に蘇り、セレスティナは訴える。

「ラルフレット様！　やめて!!」

「————!!」

瞬間、目の前の誰かが息を呑み、ピタリと動きを止めた。

「………あ、ああ……っ!!」

セレスティナを組み敷き、服を切り裂き、拘束し、視界を閉ざした誰か。

ぼんやりと掠(かす)れる意識の向こうで、誰かがわなわなと震えている。

けれどもセレスティナにも余裕はなく、襲(おそ)い来る恐怖を受けとめるのに精一杯だった。

どうしよう。

どうやって呼吸をすればいい？

それすらもわからず、無様に浅く呼吸を繰り返すも、ちゃんと酸素が届かない。

足りない。酸素が。全然。

そうするうちに手足が痺(しび)れ、眦(まなじり)に涙が溜まる。それが目元の布を濡(ぬ)らしたが、どうすることもできなかった。

大丈夫。まだ、涙は出る。死んでない。

でも、怖い。

全身がひどく寒く、痛く、苦しく、つらい。

なにもできない。誰か。誰か助けて。

そのひとことすら発せず、セレスティナはひたすら浅く呼吸をした。

そうしてようやく、セレスティナを組み敷く誰かが、セレスティナの異変を理解したらしい。

「――っ、ティナ！」

弾かれたように動き出し、目元を隠していた布を剥ぎ取る。

瞬間、わずかな光が飛び込んできて、セレスティナは目を見張った。

視界が暗い。定まらない。ぼんやりする。わからない。

でも――

目の前に映る赤と、黒。誰かが心配そうにこちらを見つめている。

その瞳の黒に、ああ、と思う。

セレスティナは知っている。

かつて、あの深い闇の底から救ってくれた誰かが、こんな色彩をしていた。

ぽとりと、セレスティナの頬に温かいものが落ちた。

涙だ。黒曜石の瞳から、ほとほとと涙がこぼれ落ちてくる。

心配そうな目。感情を、どうぶつけていいかわからなくて、不器用にこちらを見下ろしていた、あの人。その姿が、かつての記憶と重なった。

「――リカルド、だったのね」

かつて、イオス王国からセレスティナを助けてくれたのは。

セレスティナに対する、彼の並々ならぬ執着は知っていた。

彼自身がそれを押しとどめようとしていることも。

彼が拒否しているのを理解しながらも、フィーガや周囲が後押しして、この婚姻は成立した。

だからセレスティナの胸には今も、この婚姻に対してどこか戸惑う気持ちがあった。

セレスティナを手に入れることが本当に、彼にとっての幸せかどうかわからなかったから。リカルド以外の人間がそれを決めつけてはいけないと、どこかで思っていたからだ。

でも——

(あの時、リカルド自らが来てくれた)

フォルヴィオン帝国とはまったく関係がない異国の王女。その王女が嫁(とつ)ぎ先で虐(しいた)げられていようと、本来は横槍を入れるものではない。

それでも彼は助けに来てくれた。リカルド自身が、セレスティナを欲してくれた。

それを実感して、胸がいっぱいになる。

「俺は、俺はいつだって、あなたを傷つけることしかできない」

リカルドが泣いている。

泣かないでいいのに。あなたが傷つかなくていいのに。

「捕らえて、囲って、こうして怖がらせることしか——」

「いいえ、違うわ」

セレスティナは首を横に振った。

はっきりと言葉にすると、リカルドがぱちぱちと瞬く。そのたびに、眦(まなじり)に溜まった涙がこぼれ落ち、ほたほたとセレスティナの頬(ほお)を濡(ぬ)らした。

(こんな温かい涙を流す人が、傷つく必要なんてない)

セレスティナ自身も瞳を潤(うる)ませながら、表情をくしゃくしゃにして微笑(ほほえ)んだ。

「リカルド。この拘束を解いて？　でないと、あなたを抱きしめられないわ」

縛られた手首を振って主張すると、リカルドは放心しながらもこくりと頷く。

今度は丁寧に、優しく、布が解かれていった。

少しキツイくらいに縛られていたから、拘束が取れてわずかにほっとする。

濡れた彼の頬を指先で拭い、今度は彼の背中に腕を回してゆっくり引き寄せた。そしてセレスティナから優しいキスを贈る。

「わたし、あなたが好き」

一度では足りない。二度。三度と。

「好き。大好き。――愛しているの」

彼に伝わるまで、何度も。

そうするうちに、ますます彼の瞳から涙が溢れてくる。

〈糸の神〉の加護を受け、圧倒的な力を持ちながら、その反動の痛みや苦しみに喘ぎ、まともに人と接することができなかった臆病な英雄。

今もセレスティナをもっと傷つけるんじゃないかと怯えている。

でも、大丈夫だ。

「わたしは、あなたに壊されたりしないわ。あなたになら、囲われて、閉じ込められてもいい」

「そんな……嘘だ……」

「本当よ」

そう言ってよしよしと背中を撫(な)でる。

「ごめんなさい、真っ暗な場所で縛られて、どうしても思い出してしまったの。でも、大丈夫。――あなただったから」

くしゃりと目を細め、もう一度彼にキスをする。

「もう怖くない。好きにしていいの。あなたはわたしを壊さない。わかってるから、平気」

「だが、俺は……」

「不安に思うなら、ぶつけてくれていいわ。それであなたが安心できるなら、いくらでも。全部、受けとめるから」

ぽんぽん、と彼の背中を叩く。

リカルドもセレスティナを抱きしめ、肩口に顔を埋(うず)めた。

たまに、ぐしっと洟(はな)をすする音が聞こえる。涙はなかなか止まらないようで、セレスティナはゆっくりと彼の背中を撫(な)で続けた。

セレスティナも少し性急すぎたのかもしれない。彼の世界を広げようと、無理をさせすぎた。

これから先、彼との時間はたっぷりあるのに。対話する時間だって、いくらでも。

彼はこんなにもセレスティナのことを考えていて、セレスティナが胸を痛めれば同じように震え、同じように泣いてくれる。

「あなたが〈糸の神〉とは違うこと、ちゃんとわかっているから」

「……………!」

「リカルドはリカルドよ。わたしのことを想ってくれていて、でも、どうやって大事にしていいかわからない、不器用な人。そんなあなたに、わたしは惹かれたの」

「こんな、俺に？」

「ええ」

ぽかんとして顔を上げたリカルドの頬を撫でた。

目が、真っ赤に腫れている。

こんな顔を見られるのはセレスティナの特権だ。それが嬉しくて、彼の眦に唇を落とした。

右だけじゃない。左の前髪も横にずらし、そちらにも。

黒曜石の瞳の奥で揺れる赤い光。まるで彼の感情が揺れているようで、綺麗に思えた。

リカルドは恐れるように、わずかに震える。

――でも、逃がしてあげない。全部、全部愛さずにいられるか。

「リカルド。好きよ。――あなたはどう？」

「お、俺は……」

リカルドの瞳が揺れた。

彼は自分の感情を言葉にすることに慣れていない。だから少し、難しい質問かもしれない。

それでも、彼にも、彼自身の感情を理解してほしかった。

「〈糸の神〉じゃない。あなた自身の言葉を聞かせて」

「俺の……」

リカルドは逡巡した。言葉を探すように、何度も口を開け閉めする。

もごもごと、探し、選び、迷い、口を閉ざして。

「……あなたは。俺に、分解しろと言った」

昼間の話だろうか。魔法を教える際、その動作を分解してみろと確かに言った。

「あなたを見ていると、落ち着かない」

ぽつり、ぽつりと言葉が溢れていく。

「胸を締めつけられるように、苦しくなる。だから、閉じ込めたら安心できると、思った。暗い、狭い場所が、俺の居場所だったから」

そういうことか、とセレスティナは理解する。

閉じ込めたかったというよりも、彼は自分の居場所にセレスティナを連れていきたかったのだ。

「でも、あなたは明るい場所が似合う。あなたの好きな、明るい場所に。俺に行けと言うのなら。俺は、そこに行くことも喜びなのだと、知って。――でも、行けば、あなたのことを思い出す。また、落ち着かなくて、無性にあなたを、抱きしめたくなる」

訥々と語るリカルドは、いつもよりもあどけない顔をしていた。

自分の感情をぽつぽつと呟き、自分自身に教えていくかのような。

「ずっとあなたの温もりを感じていたい。抱きしめていると、安心する。嬉しくて、欲ばかりが大きくなって。だから」

リカルドが、セレスティナの頬に手を当てる。

切実そうに、目を細めて。

「俺が。俺の欲が。あなたを閉じ込めるだけじゃ足りない。もっと、笑った顔を見せてほしいと、叫んでるのに。俺はそれがうまくできなくて――」

悔しい。

掠(かす)れた声が、セレスティナに届く。

セレスティナに対する感情を持て余し、閉じ込めたい自分と、セレスティナを幸せにしたい自分が対立し、悩み、それをどうすることもできずに抱え込んだ不器用な人。

それがあまりに愛しく、胸がいっぱいになって、セレスティナは何度も頷(うなず)く。

「だから、あなたの質問にも、俺は答えられない。なんと言っていいか、わからない」

「……愛してる、じゃないかしら」

「――――!」

セレスティナは微笑(ほほえ)んだ。

「誰かが大切で、その人のことばかり考えて。うまくいかなくて落ち込んだり、悩んだり、でも一緒にいると嬉しかったり、その相手の笑顔が嬉しかったり。それね――わたしも一緒なの」

「一緒？」

呆けたようにリカルドが呟く。

そんな彼に頷(うなず)き、セレスティナは繰り返す。

「わかるわ。わたしも、あなたを愛しているから」

「——愛。これが、愛？」

リカルドはそう、噛みしめる。

それからぎゅっと唇を引き結び、押し黙った。

頬を、さらに耳まで真っ赤にして、しばらく。

「愛している。——そうか、こんな感情だったのか」

眩しそうに、微笑んだのだった。

セレスティナは両目を丸くした。

ああ、この人は、こんな風に笑うのか。

幸せを噛みしめるように、仄かに、眩しそうに笑うのか。

それが嬉しくて、こつんと額をぶつけ合う。そのまま上目遣いでリカルドのことを見つめると、
彼はわかりやすくうろたえた。

「っ、あなたにそういう顔をされると、どうしたらいいかわからない」

「ふふっ、こういう時は、キスをくれると嬉しいわ」

「キス——」

リカルドが目を細める。

改めて、なんて美しい顔をしているのだろう。

肩の力が抜けた彼はどこかあどけなく、愛しくてたまらない。

セレスティナ自身も瞳を閉じ、彼のキスを迎え入れる。

優しいキスだった。ふわりとくっつけるだけのキス。

互いにそれでは足りなくて、次第に深くなっていく。

セレスティナから彼を求めて舌を差し出すと、リカルドも待っていたとばかりにそれを絡めてくる。

互いに求め、熱を分け合うように深く愛し合う。そうするうちにベッドになだれ込み、互いの服を脱がせていった。

ふと、リカルドが瞳を開ける。ビリビリに引き裂かれたセレスティナのワンピースを目にした時、くしゃりと表情を歪めた。

「………っ」

先ほどまでの行動を思い出したのだろう。きゅっと眉根を寄せ、肩を落とす。

「大丈夫。リカルド、触れて？」

「しかし」

「あなたに愛してほしいの」

そうはっきり言うと、リカルドは何度か口を開け閉めして、決意したように頷いた。

中途半端に脱いでいたシャツを適当に脱ぎ捨て、セレスティナの纏っていた衣服も全て取り払う。

下着と一緒に己のズボンも脱ぎ捨てると、すっかりと猛った彼の剛直が露わになる。

なんて、愛しい。

最初はあの禍々しいほどの男根が恐ろしくもあった。けれども今は、欲しくてたまらない。

リカルドも同じ気持ちでいてくれるのだろう。呼吸は荒く、性急に乳房に吸いつき、所有印を落としていく。

この行為を彼はことさら大事にしていて、ひとつふたつでは満足できないらしい。五つ、六つとつけたところでハッとして、自分に言い聞かせるように呟いた。

「優しく。優しくしなければ。あなたに。優しく……！」

どうも理性との狭間で闘っているようだ。

それがなんだか愛しくて、セレスティナはくすくすと笑う。

「好きに抱いてくれていいのよ」

「そんな！　俺は、あなたに優しく、したいと。思ってるんです。いつだって――説得力などないかもしれませんが」

ようやく余裕が出てきたのか、思い出したように敬語を使うのが気に食わない。

セレスティナは口を尖らせて抗議する。

「ね、それ」

セレスティナが機嫌を損ねたことに怯えたのか、リカルドの表情がサッと翳った。

「想い合う夫婦なのに、いつまで敬語なの？」

「っ、それは……」

リカルドは言葉を探す。

セレスティナの教えを守ろうとしているのか、自分の感情を分解して、どうにか伝えようと苦労しているようだ。

「あなたは……手の届かない高嶺の花だと、思っていたから」

「今は？」

「…………………夫婦だ」

「そう、夫婦よ」

だから、わかるわよね？　とニッコリ微笑むと、リカルドはぐっと唇を横に引き結び、目を閉じては天井を見上げた。

これは彼がおおいに葛藤している時の仕草だ。彼の出す答えをゆっくり待っていると、リカルドは観念したように息を吐き出した。

「――わかった」

「ふふ」

「これでいいのか、ティナ」

「ええ、嬉しいわ」

彼を抱き寄せ、感謝の気持ちをキスで示すと、リカルドはまた同じように押し黙った。

「暴走して、乱暴に抱くかもしれない」

「いいのよ」

「でも、俺は嫌だ。あなたに優しくしたい。できるように、なりたい。だから」

手伝って、と言われている気がした。

彼の気持ちが嬉しくて、セレスティナは眦を下げる。

「わかった。つらかったら、ちゃんと言うわね」

「ん」

ようやくリカルドは安心したように頷いて、再びセレスティナの攻略をはじめたのだった。

これまでの愛撫とは全然違う。リカルドは慈しむようにセレスティナに触れる。ちゅ、ちゅ、と優しく唇を落とし、長い指で細い肢体をなぞっていく。

太腿を撫でられてピクリと反応すると、そのわずかな反応すら彼は見逃さなかった。

期待しているのが、バレている。

彼はセレスティナの内腿に手を滑らせて、ゆっくりと股を開いていく。そうして、柔らかい内腿にもたくさんのキスを落としていった。

「ここに、印をつけても？」

「もちろん」

「そうか」

顔を上げて、安心したように口角を上げる。

まさかこの人、このまま全ての行為に許可を取ろうとしているのだろうか。

だとしたら恥ずかしすぎる。セレスティナは身体を強張らせるが、彼の口づけが擽ったくて、つい身を捩る。

気恥ずかしくて無意識に股を閉じようとするのをやんわりと止められ、リカルドはさらにきわどい部分に唇を落としていく。

つつましい繁みをかき分けて、彼の唇がいよいよセレスティナの秘所に到達した。躊躇なく割れ目に舌を這わせるものだから、セレスティナは大きくのけ反る。

「っ、リカルド!?」

このような場所に口づけられるのは初めてで、セレスティナは目を白黒させる。

それを拒否だと受け取ったのか、リカルドは不安そうに顔を上げた。

なかなかの長身な彼だが、くぅーん、くぅーんと切なく鳴く子犬のように見えた。甘えるような眼差しが突き刺さり、セレスティナは言葉に詰まる。

「だめか？　あなたに、少しでもよくなってもらいたい」

「それは――」

駄目ではない。駄目ではないが、恥ずかしすぎる。

頭に血が集中して、すっかり頬が火照っている。どうしようと頬を押さえるが、懇願するように見つめられて拒否などできようもない。

こくん、とわずかに首を縦に振ったのを、彼は見逃さなかった。感極まるように破顔して、セレスティナの秘所に口づける。

（いいいいい、今の！　顔！）

なにそれ、あの幸せで蕩けるような顔！

あんな顔、セレスティナは知らない。

まさか口淫(こういん)の許可であんなに喜ばれるとは思わなかった。

というか、今までで一番いい笑顔が口淫(こういん)って！　とセレスティナは恥ずかしさで足をバタつかせたくなる。

けれどリカルドにガッチリ押さえられてはそれもままならず、彼の愛撫(あいぶ)に翻弄(ほんろう)されるだけだ。

さすがの器用さと言うべきか、彼は舌で陰核を押し潰(つぶ)し、ころころと転がしてから、ゆっくりと舐(な)め上げた。そのまま移動して、今度は蜜口付近をやわやわと喰(は)んでいった。

「あ、あぁ、ん……」

もどかしいような擽(くすぐ)ったいような愛撫(あいぶ)に、セレスティナは身を震わせた。胸の前でぎゅっと手を握りしめながら、彼が与える刺激に翻弄(ほんろう)される。

リカルドはさらに奥まで舌を侵入させ、浅い部分を嬲(なぶ)る。かと思えば、今度は長い指でまた陰核を捏(こ)ねてくるからたまらない。

「ぁ、ああ！　やんっ、そこ、リカルド……っ」

「ん。ティナ。もっとよくなって」

「ま、待って……ああああ！」

カリッと陰核を爪で弾かれた瞬間、セレスティナはあっさりと果てた。

パチパチと視界が瞬いて、全身が粟立(あわだ)つ。こんなに早く達したことなど初めてで、頭が真っ白になる。

なにが起こったのかわからなくて、ただただ瞬いていると、リカルドが安心したように身体を起こした。

「優しくしても、あなたをよくできる、のか」

噛みしめるように呟いているが、優しくとは？　とも思えた。彼の指も舌もあまりに的確で、あんなの達しないはずがない。

これから先、丁寧にじっくりと焦れったいくらいに嬲られるのか、と、嫌な予感が走る。

ずっとあんな調子で愛撫されたらどうなってしまうのだろう。全身が性感帯にされてしまうような心地がして、緊張と期待で息を呑む。

「ほら、あなたのここ。とろとろだ」

リカルドは恍惚とした表情でそう言いながら、今度はその長い指でナカを弄っていく。彼の唾液なのか、それとも愛蜜なのかわからない液体でくちくちと音を立てながら、彼は楽しげにセレスティナのいいところを探り続けた。

ザラザラした部分を集中的に擦られると、一度達した身体は簡単に反応してしまう。

大きく身体を震わせて背中を反らせると、彼はますます気をよくして、もっと、もっととセレスティナを高めていくのだ。

「待って！　ぁ、リカルド……それっ！」

「ん、気持ちいいよな？　ティナは、ここが好きだから」

「あ、ああ――――っ！」

あっという間に二度目の絶頂を迎え、セレスティナはぐったりとベッドに身体を横たえた。

身体のあちこちの感覚が研ぎ澄まされている。シーツに擦れるだけで反応してしまうほどに敏感になっているのは、彼のせいか。

これまで何度も何度も何度も、すでに数え切れないほどに愛されてきたこの身体。リカルドの愛撫(あいぶ)に反応して、簡単に達してしまうように作り変えられているけれど、それにしても今日はおかしい。

彼があまりに丁寧だからか、想いを確かめ合ったおかげなのか、いつも以上に刺激に敏感だ。

涙目になりながらリカルドを睨(にら)みつけると、彼は困ったようにくしゃりと笑った。

「そんな顔をされると、困る」

「え?」

「もっと可愛がって、いじめたくて、嬲(なぶ)りたくなるから」

「それは……」

多分、リカルドの本能を語ってくれたのだろう。

今日は優しくしてくれると言ったけれども、いつか、そんな意地悪な一面も見せてくれる日がくるのだろうか。

(それは、それで――)

困ったことに、嫌ではない。それどころか、こっそり期待をしてしまっている。

セレスティナはバッと顔を横に背(そむ)けたが、胸の奥に湧き出る欲を隠すことなどできない。

気がつけば、こくりと首を縦に振っていた。

「いいの」

リカルドが目を丸くした。そんな彼におずおずと顔を向けて、もう一度はっきりと告げる。

「いいの。あなたの好きにして。……気持ちいい、から」

「ティナ」

今度はセレスティナから手を伸ばす。

キュッと彼の片方の手首を掴み、自分の口元を引き寄せて、そっと口づける。

「あなたにも、気持ちよくなってもらいたい」

そう言った瞬間、リカルドの瞳が揺れた。

「……いいのか」

少しだけおかしくて、セレスティナは笑う。想いが通じ合ってもこの人は、やはりセレスティナのことばかり考えている。

「あなたと一緒に、気持ちよくなりたいの」

けれど、セレスティナは彼の隣を歩きたかった。

「だから、来て……？」

彼は泣きそうな顔をしながら、その身を股の間に滑（すべ）り込ませた。膝裏（ひざうら）を掴んでしっかり広げさせ、己の鋒を蜜口にあてがう。

すっかり解れた女陰は、まさに凶器のごときリカルドの男根を簡単に呑み込んでいった。

セレスティナの身体は、すっかり彼の形を覚えさせられている。

狭いながらも、彼の質量を受け入れるだけで歓喜に包まれる。これを待っていたとばかりに全身が震え、こんこんと愛液が湧き出した。

「ぁ、あ……リカルド、きもちい……」

「俺も。ティナ。すごく、いい」

彼がそのような感情を口に出してくれるのは初めてだった。

自分の感覚を余すことなく伝えようと、言葉を選んでくれている。それがとっても嬉しくて、さらに満たされる心地がした。

「っ、ティナ。少し、動く」

奥の奥まで到達したかと思うと、彼が身体を揺すりはじめた。最初は円を描くように、己とセレスティナの膣を馴染（なじ）ませる。そうするうちに腰を振り、ゆっくりと抽送が始まった。

隘路（あいろ）を押し開くように前後に擦られると、鈍（にぶ）く、痺（しび）れるような感覚が身体の隅々まで走った。

彼の与えてくれる快感全部が愛しい。

でも、まだ足りない。もっと欲しいと、感じたことのない欲望が膨（ふく）らんでいく。

抱きしめてほしい。ぎゅっと。強く。もっと。

彼の体温を感じたい。そんな欲望に身体が支配され、いつの間にか両手を掲げていた。

ねだるように見つめると、リカルドがわかりやすく頬（ほお）を染める。

「ん。ティナ。おいで」

この仕草だけで、なにを求めているのかわかってもらえた。

それが嬉しくて、さらに腕を伸ばす。そんなセレスティナを支えるように彼自身も腕を伸ばし、ゆっくりとセレスティナの身体を引き上げてくれた。

胡座（あぐら）をかいた彼の上に跨（また）がるかたちで、セレスティナは彼に抱きついた。

この体勢なら、ぴったりくっつける。細身だが、しっかり筋肉のついた彼の身体は逞（たくま）しく、抱きしめられると心地がいい。

全てを預けたくなってぎゅうぎゅうとしがみつくと、リカルドが幸福そうに息を吐く。

「そんなに可愛いことをされたら、俺は」

「いいのよ？　こうしてぎゅってしてくれていたら。激しくしても」

「だが」

今日は優しくする。その宣言を破るのを危惧（きぐ）しているのだろう。

だからセレスティナはふふふと微笑（ほほえ）み、彼の耳元でそっと囁（ささや）いた。

「あなたの愛を知りたいの。——教えて？」

リカルドがバッと顔を上げた。目をまん丸にして、頬（ほお）を紅潮させている。

セレスティナの言葉を噛みしめ、理解をし、次の瞬間には欲望を瞳に宿らせる。

「……そんなに煽（あお）って。怖くないのか？」

「全然。あなただもの」

望むところよ、とキスをするなり、彼からも強く抱きしめられる。下から激しく突き上げられ、衝撃にのけ反った。

これまでよほど我慢していたのだろう。溜め込んでいた欲望をぶつけるように、何度も何度も穿(うが)たれる。そのたびに強すぎる刺激がセレスティナを支配する。

もう幾度も達した身体は敏感になっていて、激しいまぐわいにすぐに達してしまいそうだ。

「ぁ、あんっ、リカルド、リカルド……！」

振り落とされないように強くしがみつき、無意識のうちに彼の首元にいくつもキスを落とす。それが余計に火をつけたらしく、リカルドもセレスティナをかき抱いた。

互いの身体がじっとりと汗ばむ。

繋がっている部分は焼けるように熱く、でも、その熱が気持ちいい。

肌がぶつかる音、同時に微(かす)かな水音が漏(も)れ聞こえ、接合部が愛液でぐちゃぐちゃになる。

互いが汚れることなど厭(いと)わずに、ふたりで快楽に溺(おぼ)れ合う。前後不覚になるほど激しく突き上げられ、いよいよ我慢しきれなくなった。

「あ、リカルド！　わたし、もう……」

「くっ、はぁ……ああ！　イけ。いくらでも、イけ。俺も……っ」

彼も堪(こら)えきれなくなったのか、荒く息を吐いた。

ぎゅっと眉間(みけん)に皺(しわ)を寄せ、イく、と短く言葉を切って――

「あ、ああ……っ」

「くっ――！」

チカチカと視界が弾けたのと、体内に熱が吐き出されたのを感じたのは同時。

真っ白い波に呑まれ、セレスティナは己の身体を支えることもできずに崩れ落ちる。リカルドに強く抱きとめられ、びゅくびゅくと、彼のモノが脈動しているのを感じた。

息が荒い。満たされるような感覚に包まれ、心地のいい疲労感に襲(おそ)われる。

互いの心音を感じながら、身を寄せ合う。

「愛してる」

リカルドが、耳元で呟く。

「あなたが、好きだ。ずっと。こうして抱きしめていたい」

無意識にこぼれ落ちた言葉だったのだろう。吐き出したあとに、リカルド自身がハッとする。

溢れた想いが嬉しくて、セレスティナもぎゅうぎゅうに彼のことを抱きしめた。

リカルドは全然わかっていない。

彼は、セレスティナを捕らえて離さないと言っている。でも、それはセレスティナも同じだ。

セレスティナは彼を求めることを諦めない。

それは、諦めることに慣れてきたはずのセレスティナに芽生えた、初めての感情だった。

幕間　焦燥、そして――

「一体どうなっているんだ！」

薄暗い部屋の中、男の怒鳴り声が響き渡った。

うっとりするほど艶々した金髪に、聡明そうな碧い瞳。まさに理想の王子様というルックスの男は、不機嫌さで顔を歪ませていた。

男の名はラルフレット・アム・イオス。イオス王国の王太子である。

「殿下！　我々だってわけがわかりません。しかし、あの無限にも思われた魔力炉が枯渇しかけているのです！」

「せっかく用意した最新の兵器が使用できません。このままでは、計画が……！」

なんということだろう。何年もかけて用意してきた最新兵器が、土壇場になって使用できなくなるとは計算外だ。

ラルフレットは特別研究所の地下で爪を噛みながら、どうしてこんなことになったのかと考えを巡らせる。

全て順調だった。それどころか、あのルヴォイアの王女を迎え入れてからは、想定以上の結果が得られたはずだ。

セレスティナと言っただろうか。あの細身の、そそらない女。ああいうのがいいと言う男もいるだろうが、ラルフレットの好みとは真逆だった。

当時は——そう、リリアンとかいう女を囲っていたのだったか。

セレスティナのことも、好みだったらある程度可愛がってやってもいいかと思っていたが、別にそそられなかった。むしろ、「私は祖国を背負ってやってきています」という優等生然とした態度が気に食わなかったのだ。

だから、あの女から搾取することになんの躊躇もなかった。

実際に魔力を吸い上げはじめると、想定した以上に莫大な量を得られた。凄まじい魔力で、あの女ひとりで第一降神格数人分を賄える。

イオス王国の面々は歓喜し、あの女を地下に押し込めることに反対する者などいなくなった。

(最初は、あくまでリリアンの代わり程度にしか思っていなかったのにな)

当時はリリアンをことさら気に入っていた。同じ色彩であれば、子ができても妃との子だと言い張れる。

(まあ、結局、あの女との間に子はできなかったが)

二年も可愛がったが、しょせんはその程度の女だったというわけだ。

最初に予定が狂ったのは、ラルフレットがリリアンに飽きたあとだった。

いつまで経っても孕まないリリアンに業を煮やし、そろそろ換えが必要かと考えた頃、セレスティナの祖国、ルヴォイア王国の連中が問い詰めてきたのだ。

二年もセレスティナの姿が見えない。彼女はどうしたのだ、と。

面倒なことに何度も手紙は届いていたし、こちらからもセレスティナの筆跡を真似させ、無難な返信はさせていた。

しかし、どこでなにを聞きつけたのか、ルヴォイアの連中は彼女が地下室に繋がれていることを把握していたのだ。

それだけなら、適当な理由をつけて追い返せたはずだが。

(よりにもよって、あの男を連れてきやがった)

黒いコートを着た悪魔。

鬱陶しい赤い髪で片目を隠した陰鬱な男。

さすがのラルフレットも、その姿を見て誰かわからないはずがなかった。

(フォルヴィオン帝国はなんの関係もないはずなのに、なぜ……?)

七十三柱あらせられる神々の中でも特別な、最上級神と言われる七柱。世界でたったひとり、そのうちの一柱の加護を授かったバケモノがいる。

〈糸の神〉ジグレルの加護を受けた第一降神格、フォルヴィオン帝国の黒騎士リカルド・ジグレル・エン・マゼラ。

セレスティナとどういった関係があったのかはわからない。ただ、鬼気迫る表情で、彼女を返せと訴えかけてきた。

セレスティナを出さねば、どんな行動を起こすかわからない。ひとりで一兵団に匹敵するほどの力があると言われる男が相手となれば、聞き入れないわけにはいかなかった。

とはいえ、魔力は搾り取れるだけ搾り取ったし、不本意だがとある男の協力も得て、セレスティナの身体に仕掛けもしてある。

だから、彼女を手放したところで問題はない。どうせ死にかけているし、このまま朽ちられるよりも面倒がなくていいかもしれない。

セレスティナは病気で療養していたのだと言い訳し、大人しくルヴォイアに引き渡したのだった。

その時は、あれ以上ルヴォイアとの関係を拗らせたくなかったので、こちらが折れるかたちで縁を切った。

(念のため、結婚証明書は破棄せずに、ニセモノを目の前で燃やしてやったがな)

実におめでたいことだ。

結婚証明書は、それぞれの祖国に一枚ずつ保管されている。

割り印が入り、二枚ひと組とされているが、片方でも残っていれば充分に証明となる。

なにかあった時のためにセレスティナを引き戻す術は、いくつ用意していてもよかった。

この計画さえうまくいけば、ルヴォイアの全てはイオス王国のものだ。

ルヴォイア王族全員を鎖に繋ぎ、あの魔法陣を刻んでやる。そうすれば、魔力炉もさらに使い放題だ。あの男がとやかく言うこともなくなるだろう。――と。

「ふむ、これは困りましたネ」

この軍事施設にどこから入ってきたのか、クセのある声が響き渡る。

来たか、と思った。例の、あの男だ。

「ワタシの魔力がもう空っぽじゃないですか。せっかく補充に来たのに」

南の独特の訛り――というか、共通言語に慣れていないのだろう。異国の香りを纏った長身の男が、堂々と部屋に入ってくる。

「貴様……！」

イオス王国の軍事機密の塊であるこの施設に、他国の人間がなぜ、こうも易々と入れるのか。

締め出しても締め出してもひょっこり現れるこの男は南東の島国ヨルェン国の術士、〈夜の神〉ラスカの第一降神格ユァン・ラスカ・エン・レトゥである。

三つ編みにした長い黒い髪を垂らし、紫の胴衣を羽織った異国の男。糸目で丸い眼鏡をかけた彼は、長い足でひょいひょいと魔力炉のほうへ歩いてくる。

「お前の魔力ではない。我が国の魔力だ！」

「なんと横暴な。研究開発の時にはあれだけ尽くして差し上げたというのに」

「貴様とは開発終了までの契約だったろう！　その後もなにかと魔力をせびりに来て」

「だってあの魔力、ワタシが一番相性がよいではありませんか。あなた方がその魔力を効率よく使えるのは誰のおかげです？」

一瞬にして、空気が張り詰める。ギンッ、と鋭く睨みつけられ、ラルフレットはたじろいだ。

本当に油断のならない男だ。普段はニコニコしておきながら、最終的には組織の根っこの部分にまで入り込み、相手を食い潰すこの男。

魔法研究大国と言われるヨルェン国の術士だけあって、魔法知識が豊富だ。それだけでなく、彼自身に第一降神格としての加護まである。世界一の魔法研究者と言っても過言ではない。

一方で、ずば抜けた探究心、好奇心も相まって、一般的な倫理観からかなり外れた思考の持ち主だった。いくら優れた研究者であったとしても、人並み外れた探究心のせいで、ヨルェン国内でも煙たがられてきたらしい。

まあ、それもそうだろう。

彼はラルフレットでさえ引いてしまうほど人道を外れた提案を、いともたやすくしてしまう男なのだ。なんとも言えない底の知れなさがある。

実際、こちらがイオス王国の王太子であることなど気にも留めていない。いざとなればラルフレット相手でも実力行使を厭わないような、油断のならない男なのである。

(まあ、この男のおかげで、セレスティナから魔力をせしめることができたわけだが)

セレスティナの体内には、この男によって魔法陣が刻まれている。それが、この魔力炉に繋がっているのだ。

他人の魔力を生涯、根こそぎ奪い続ける魔法陣。そんなもの、人道に反するどころではない。

けれどもそれを、この男は嬉々としてやってのけた。

その上でイオス王国は、ある兵器を作り上げた。魔力をエネルギーにして稼働する最新型の魔砲。

かの黒騎士リカルドの力にも匹敵するほどの魔力を一気に放出できるシロモノだ。

これさえあれば、ルヴォイア王国を制圧できる。

なにせ向こうは、のほほんとした中立国家。第一降神格には恵まれているが、軍部はたいしたことがない。

他国との外戚は多いが、この国とルヴォイアは隣接している。一気に攻撃を仕掛ければ他国の援軍も間に合わないだろう。

その魔砲を動かすために、これまでずっとセレスティナの魔力を溜め込んできたのだ。

なのに、使用する前に魔力が枯渇しようとは。

「おい貴様。どういうことだ、説明しろ！」

「……説明が欲しいのはワタシのほうですけれど」

ふむ、とユァンは魔力炉を凝視する。それから、魔力炉を稼働させている複雑な魔法陣たちも。

複数の魔法陣を合成してようやく、この魔力炉は稼働できるのだ。それらをひとつひとつじっくり眺め、男は押し黙った。

「おい、なにかわかったのか？」

怒鳴りつけるラルフレットを気にする様子もなく、ユァンはカツカツとブーツを鳴らしながら、魔力炉の周りを歩く。そうして難しい顔をしながら、はあ、と息を吐いた。

「厄介ですネ」

そう呟くだけで、それ以上言葉は続かない。もったいぶられているようで苛立ち、ラルフレットは声を荒らげた。

「なにかわかったならばなんとか言え！」

「そう急かさないでください。――ううむ、魔力炉側は問題ないようですネ。供給側の魔法陣に変質があったようで――となると」

「セレスティナ側か」

ラルフレットは息を吐いた。

向こうに問題があるのであれば、簡単に修正をかけられないということだ。

セレスティナ本人を、確保する必要がある。

「つまりあの女を直接連れてこなければならないと？」

「そういうことになりますネ。直接、絶対に消えない魔法陣を刻むのがよいでしょう。――が」

ユァンは地面にしゃがみ込み、魔法陣のひとつに手を触れる。そうして、自らの魔力を浸透させ、魔法陣の配列を確認していく。

「ああ、やっぱり」

たちまち鋭い空気はなりを潜め、彼は口の端を上げた。

「よかったですネ、王子様。あの方との接続は、完全に断たれたワケじゃないみたいです」

新しいおもちゃを手に入れたと言わんばかりに、ユァンは笑みを浮かべた。魔法陣を指でなぞりながら、じっくり書き換えていく。

「これなら、少しは干渉できそうです」

完成した魔法陣を見下ろして満足げに頷いてから、魔力を流しはじめた。

「あ、ワタシ、しばらくここで実験を進めますので。毎日の寝床とお食事お願いしますネ。多少でしたら向こうの魔力、搾り取れるかもしれませんし」

ケロッとした顔でそう告げ、淡く輝く魔法陣を撫でる。

図々しいことこの上ないし、食えない男だが、こと魔法研究の腕だけは本物だ。ラルフレットとしても、ユァンに任せるしかない。

「もちろん、王子様は王子様で、あの方の確保お願いしますネ。富と権力ならありあまっているでしょう？」

随分と簡単に言ってくれる。

「今、あの女がどこにいると思ってるんだ」

かつて、黒騎士リカルドと対峙した時のことを思い出す。

あの男に囲われているとすれば、奪還するのは容易ではないだろう。富と権力でなんとかできるような場所にいれば苦労しないのだ。

「ちょっとは頭を使ってください。まだ干渉の余地はあると言っているんですがネ」

ユァンは機嫌を損ねたのか、ギロリと鋭い視線をよこしてくる。

「この魔法陣とあの方は、まだ繋がってるんですよ？　彼女の魔力をちょちょっと弄って、倒れたところを頂いてきたらいいじゃありませんか。――ほら、ちょうどいい機会があるでしょう？　もうすぐ、例の季節ですし」

確かにある。彼女と相まみえる機会が。

五年に一度の国際会議。全世界の代表者と第一降神格が一堂に会する場が、まもなく設けられるのだ。

それでも、あの女の近くに黒騎士リカルドという厄介な男がいることは変わらない。

（いや――だが、あの再婚は法に反している）

ルヴォイアの王女が輿入れするのは、第一降神格の存在しない国のみ。それを破っているのは、誰の目から見ても明らかだ。

（念のため結婚証明書を残しておいてよかった）

リカルドの手によって強引に破棄させられそうになったから慌ててニセモノとすり替えたのだ、と涙ながらに語れば、同情してくれる国はあるだろう。

フォルヴィオン帝国は大国だが、世界は一枚岩ではない。かの国に対抗しようとする勢力はあるのだ。その連中を味方に引き入れれば、セレスティナを取り返すチャンスはあるはず。

それが叶わなかったとしても、ユァンの言う干渉の余地というものがあるならば、強引にでも奪還できるかもしれない。

この時、ラルフレットは知らなかったのだ。

まさか再会した時、光り輝くほどに美しくなった彼女の姿に目を奪われることになるなんて――

自分が、こんなに穏やかな日々を過ごせるようになるとは思わなかった。

「……………仕事になど、行きたくない」

——なんだか、朝から盛大に駄々をこねている人がいるけれども。

リカルドと本当の意味で結ばれてから一カ月半、毎日がとびきり幸せだった。

彼は自分の気持ちをどうにか言葉にしようと苦心するようになり、セレスティナに訥々と想いを打ち明けることも増えた。

しかしリカルドは人一倍執着心が強く、嫉妬深い。だから、やはりセレスティナを独り占めしたがるし、あまり外に出したがらない。

セレスティナも彼の性質はよくわかっているから、彼との約束をしっかり守り続けた。

『わたしが外に出る時は、あなたと一緒か、あなたのもとへ向かう時だけ』

セレスティナはその約束をただの一度も違えていない。そうすることで、リカルドもいくらか安心できるようだから。

おかげで、きちんと仕事に出ることが増え、自分の部下たちとの交流も増えているようだ。

元々、段違いの実力がある彼だ。これまでの素行も「そういうものか」と受け入れられており、結婚してから丸くなったのだと認識されるようになったらしい。

一カ月半前、セレスティナが見学に行ったことは、結果的にいい方向に働いたようだった。寡黙かと思いきや妻にはゾッコンという一面が強調され、そのギャップに親近感を持たれたようである。最近、サボらず勤務日が増えているのも、セレスティナに背中を押されたからと認識されているらしい。

多少、考えていたのとは違う方向に転がったが、彼が部下たちに愛されるようになったのは素直に嬉しい。

とはいえ、発作のように仕事を放棄したくなることはあるようで、たびたびセレスティナは訓練場へ呼ばれている。そうすると彼はやる気を取り戻し、セレスティナに良いところを見せようと張り切ってくれる。——もれなく、その日の夜はとんでもない目に遭うけれども。

それでも構わない。むしろ嬉しい。

セレスティナの存在が励みになって、彼が世界を広げていくのが嬉しくてたまらない。

ただ、毎朝セレスティナと離れる時だけは駄々をこねがちだった。

「ずっと屋敷にいて、あなたとくっついていたい。このまま、こうして——」

などと、なんの躊躇もなく胸に顔を埋めてくる。

フォルヴィオン帝国にやってきてから、セレスティナの体調はよくなってきている。

食欲は増えたし、なにより気持ちが前向きだ。痩せぎすだった身体も初婚前くらいの体型に戻っており、正直胸は昔以上に育っているような気がする。

（揉むと大きくなるって、聞いたことはあるけど……）

現実に大きくなるとは思わないではないか！

とはいえ、セレスティナのことが大好きな旦那様にこれでもかと揉みしだかれていること以外、理由が見つからない。

今もリカルドは、顔を埋めるだけでは足りず、その大きな手、長い指で感じ入るように胸を揉み続けている。そのまま片方の手がすーっと下に下がっていくものだから、さすがにストップをかけることにした。

「リカルド！　今は忙しい時期でしょう？」

このところ、セレスティナが彼を送り出さなければと躍起になっているのには理由がある。

五年に一度の国際会議。その開催が一カ月先に迫っているのだ。

リカルドは第一降神格である以上、参加は必須だ。それに伴い、彼の率いる第七部隊の精鋭が護衛として同行することが決まっている。ゆえに特別訓練や警備計画の策定など、業務が山積みだった。

屋敷でぐずぐずしている場合ではない。

「もうっ！　帰ってきたら、いくらでも揉ませてあげるから！」

なんて、勢いで言ってしまいハッとする。

「本当か⁉」

ガバッと彼が顔を上げた。

いつになく瞳がキラキラしている。もはや「間違いです」なんて言えるはずもない。

（やってしまった……）

つくづく自分はリカルドに甘いと思う。

もし明日の朝、お見送りすらできなくなったとしたら、それはリカルドのせいだからね！　と心の中でぼやきつつ、セレスティナはいってらっしゃいのキスをした。

とはいえ、ぐずりながらも仕事に出かけるリカルドを見て、本当によかったと胸をなで下ろす。

今日は朝からよく晴れている。

それでも太陽の陽差しに怯むことなく、彼は堂々と歩いて――いや、勤務開始時間ギリギリまで屋敷で粘るため、結局飛行して最短距離で仕事に向かうわけだが――とにかく、太陽の下で元気に過ごせている。

どういった理屈かわからないが、彼がセレスティナと出会うまで体調不良に喘いでいたのは本当で、セレスティナの存在が確実に彼の癒やしになっているようだ。

一方で、セレスティナにも変化があった。

おそらく、リカルドと繋がってからだと思う。枯渇していたはずの魔力が戻ってきた。というよりも、以前の自分では考えられないほど膨大な魔力を操れるようになっている。

とはいえ、セレスティナ自身も自分の身体のことがイマイチわかっていない状態ではあるが。

ここ数年、体調はずっと芳しくなかった。けれど、リカルドと身体を重ねた後から、明らかに身体が軽くなった。

魔力が戻ってきた影響なのだろうか。健康そのものだった昔と同じように、快適な日々を過ごせていたのだ。

しかし、ここ最近、ふいに体調が悪くなる日がある。

(魔力を使ったわけでもないのに、油断していると急に具合が悪くなるのよね)

なんの予兆もなく突然、立つことも難しいほど、身体に力が入らなくなるのだ。

昔と同じだ。ラルフレットに捨てられたあと、自国で寝込んでいた日々と同じような感覚に陥ることがある。

病気などではないらしく、誰に診(み)てもらっても理由がわからない。そんな日はリカルドも仕事にならないのか、ずっとセレスティナのそばでオロオロするばかりだ。

一日か二日ほど眠ったら元に戻るから、様子を見ているところだけれど、原因がわからないのは少し不気味だった。

(でも、どことなく魔力がかき混ぜられるような感覚があるのよね)

リカルドのおかげで、魔力が戻った影響なのだろうか。であるならば、喜ぶべきことなのかもしれないが。

もう少し魔力が馴染んできたら、落ち着くのかもしれない。――なんて、都合のいいように捉えてしまう。

(……ふふ、リカルドには本当に感謝しないとね)

魔力。

身体の隅々まで満ちていったこの感覚。

今は体調のことよりも、セレスティナはこの魔力の存在が嬉しくて仕方がなかった。

セレスティナは魔力こそ備わっているものの、なんの特性も持たなかった。だからどれだけ努力しようと、いずれの魔法も中級程度の威力しか出なかった。

しかし、今はその制限が完全に解除されている。

（フィーガは、〈糸の神〉と〈処女神〉がくっついたからだ、って言うけど……）

やはり、そうなのだろうか。

神話上では、最後まで交わることのなかったふたり。歴史上でも加護を授けることのなかった二柱が、同じ時代にそれぞれ加護を与えた。これを運命とせずになにを運命とするのだと、フィーガは熱く主張していた。

（神話では、〈糸の神〉が〈処女神〉を神に引き上げた）

現実でも、リカルドがセレスティナの力を解放したのかもしれない。

そうとしか考えられないのだ。

（不思議ね）

まるで、本当に運命のようだった。

少なくとも、セレスティナの存在はリカルドのためにあったのだと思える。

同じくリカルドの存在もまた、セレスティナに意味を与えてくれる。

セレスティナは無価値などではなかった。

（リカルドのためにも、頑張らないといけないわ）

国際会議には夫婦で参加する。リカルドは騎士としてではなく招待客の立場で参加することになる。当然、夜会やパーティーにも出席するのだ。となると、それなりに見映えのする装いが必要になるだろう。

リカルドは、セレスティナのドレスは自分が見繕うと鼻息荒くしているけれど、一着や二着では足りない。用意周到すぎるくらいがちょうどいい。

目下の課題はセレスティナよりも、リカルドの服装だ。

（リカルドってば、自分の格好にはてんで無頓着なんだもの）

いつも黒いコートを纏っているから黒騎士なんて呼ばれているけれど、単に服を選ぶという概念が欠けているだけだ。

（せっかく綺麗な顔をしているのに、もったいないわ！）

これを機にセレスティナの好みの衣装も着てもらおうと、実はワクワクしているのである。

リカルドは周囲に誤解されがちなところがある。

だが、騎士団の皆と接している様子を見ていてもわかる。彼は本来、他者を受け入れたいと思う心も持っているのだ。

だから少しでも彼の印象がよくなるように、セレスティナは並々ならぬ気合いを入れていた。

――そうして一カ月後。

いよいよ、国際会議が始まる。

会議の場はもちろん、ルヴォイア王国。セレスティナの大好きな祖国だ。

国際会議の会期は十日間。

各国の代表と、今、全世界に存在する成人した第一降神格が一堂に会する。

メインは各国の代表による国際交流だ。

世界は大きくふたつの派閥に分かれており、ざっくり言うとルヴォイア王国を挟んで西側、東側が睨み合っているかたちになる。

フォルヴィオン帝国はルヴォイア王国の南西に位置しており、西側の最大国家。一方、イオス王国が東側の第二国家と言ったところか。間に中立国のルヴォイア王国が入ることで協調路線を歩めるように、国際交流を図っているわけだ。

その中には第一降神格による親善試合や技術交流も含まれる。

それから国家間の取り決めや、貿易協議などもなされる。これから先、世界が歩む道が決まる、とても大事な会議なのである。

——が、その前に、まさかこんな試練があるとは。

ガラガラと、馬車が北へ向かって進んでいく。

フォルヴィオン帝国もルヴォイア王国とはわずかに隣接しており、皇都からは真っ直ぐ北東へ進むと辿りつく。

麗らかな午後の陽気は心地よく、この旅はセレスティナにとって里帰りのようなものだ。

だから心浮き立つ新婚旅行気分で向かえる――はずもなく。

目の前には、四十代手前の美丈夫がいた。

クリーム色の髪を後ろになでつけ、深い緑の瞳が印象的な威厳(いげん)に満ちた男性だ。けれど、どこか洒脱(しゃだつ)な雰囲気もあって、リカルドのことをニヤニヤと見つめている。

彼こそ、フォルヴィオン帝国皇帝バルトラム・アム・フォルヴィオンである。

ルヴォイア王国へ向かう、十日ほどの旅。元々セレスティナ夫婦は別の馬車で向かっていたのに、なぜかこの日はバルトラムの希望で同乗させられたというわけだ。

(助かった、と言うべきなの？　――ううん、違うわよね。全然助かってないわ)

昨日までは馬車にリカルドとふたりきりだった。そのせいで、リカルドがセレスティナに触れたがって大変だったのだ。

おかげで、ここまでずっとリカルドは上機嫌だった。

今回の旅には第一降神格であるフィーガや侍女のミアの他、護衛の騎士や御者など大勢の者たちが同行している。馬車には小さな窓もついているので、当然外の目は気になる。

「スカートの中に手を入れるのはやめて」「胸に顔を埋(うず)めるのは宿についてから！」「キスも深いのは恥ずかしい。声が出ちゃうから！」と、散々ストップをかけるのに、油断するとすぐに彼が大胆になるのだ。

だからある意味、バルトラムとの同乗は安心できる気がしたのだった。

――まあ、気のせいだったわけだけれども。

（……今、初夏よね？　なんだか、寒い気がするけれど）

気分は氷点下、というか、実際に冷気が出ている気がする。

主に、セレスティナの隣に座っている人から。

つまりリカルドが氷点下の目で、かの皇帝陛下を睨みつけているのである。

「…………………陛下」

「どうした、リカルド」

「やはり俺は、ティナと別の馬車で」

「まあまあ待て待て」

まさかバルトラムのほうがリカルドを宥める始末だ。

「お前が、どれだけ言っても城に奥方を連れてこないからだろう？　独占欲が強いのは結構だが、わざわざ他国の王族が輿入れしてきてくれたのだ。挨拶くらいさせてくれ」

まさか、皇帝との挨拶の場まで阻止されているとは思わなかった。思いがけない事実に、セレスティナのほうが目を丸くする。

「どういうこと？」と視線を送ると、相当気まずいのか、リカルドがスッと視線を逸らした。

「っ、ティナのことは俺が。全部。ちゃんと、やりますから。だから陛下は、お気遣いなく」

「ほぉう？　全部？　ちゃんと？　――――お前が？」

バルトラムにまで突っ込まれ、リカルドの眉間にますます皺が寄る。なんともばつが悪そうだ。

さすがに助け船が必要かと思い、セレスティナはくすりと微笑んだ。

「陛下、ご挨拶が遅くなってしまって申し訳ありません。リカルド・ジグレル・エン・マゼラが妻、セレスティナ・セレス・エン・マゼラと申します」

「いや！　丁寧にすまんな。あなたのおかげで、すっかりとリカルドが丸くなって。我が国としても本当に感謝をしている」

　話しかけると、バルトラムは大きく両手を開いて歓迎の意を示した。

　本来はセレスティナから挨拶に向かうべきだったのに、その無作法を許してくれる寛大な人物らしい。というか、寛大でなければ、これまでのリカルドの素行は許されていなかっただろう。

「お役に立てて光栄です。ですが、わたしはあくまで背中を押しただけ。元々、リカルドは騎士としての資質が充分に備わっていますから」

「くくっ、まあ、そういうことにしておこうか」

　バルトラムは楽しげに頷くも、次の瞬間にはごく真剣な顔をして頭を下げる。

　心臓がヒヤッとした。彼は一国の主だ。しかも、フォルヴィオン帝国という大国家を束ねる皇帝なのだ。易々と頭を下げられるはずがない。

　これにはリカルドも驚愕したようで、バルトラムの頭を見下ろしながら、ピタリと固まっていた。

「陛下！　どうか、頭をお上げください……！」

「いや、これだけは、どうしても伝えておかねばならんと思っていたのだ」

　慌てて止めようとするが、バルトラムは頭を下げたままだ。

「我が国の宝、リカルドを救ってくれてありがとう。感謝している」

「そんな」

当たり前だ。リカルドはセレスティナの大事な旦那様なのだ。救うもなにも、彼に尽くさないはずがない。

だが、バルトラムがなぜ頭を下げているかは理解した。

リカルドを救えるのは、全世界を探し回ってもおそらくセレスティナひとりだ。

この婚姻は、言わば奇跡だったのだ。セレスティナと結ばれなければ、彼は永久に〈糸の神〉の加護に苦しむところだった。

（でも――）

セレスティナは頭を横に振った。

これは、奇跡などという言葉で片づけてはいけない。

リカルドの抱える問題を見抜き、解決方法を見出し、セレスティナを見定め、さらにイオス王国からの救出に手を貸した。

他国間のいざこざに介入するのは簡単なことではなかっただろう。

ましてや、相手はかのイオス王国だ。ルヴォイア王国を挟んで対立する国同士、関係が大きく拗れても不思議ではなかった。

それでも、フォルヴィオン帝国はリカルドがセレスティナの救出に向かうことを認めてくれた。

さらに何度もルヴォイア王家に打診をし、本来不可能だったはずの婚姻を実現させた。

それは全てリカルドだけではなく、彼を見守る周囲の温かい目があったおかげだ。

「わたしこそ――陛下。とても。本当に、とても感謝しております」

だから、セレスティナも頭を下げる。

「わたしをリカルドに巡り合わせてくださり、この国に迎え入れてくださって、ありがとうございました」

皆の協力がなければ、なしえなかったことだ。

特に、リカルドは当初この婚姻を拒否していたのだから。周囲の強引な手がなければ、成立するはずがなかった。

「あなた様に最大級の感謝を。そして――」

セレスティナは口を噤(つぐ)んだ。

いきなりこんなことを言い出すのは不躾(ぶしつけ)だとわかっている。

それでも、またとない機会だと思った。わずかな不安を抱えながら、セレスティナは決意する。

「お願いがございます」

顔を上げた。

同じように、バルトラムもこちらに視線をよこす。先ほどまで頭を下げていた彼ではない。為政者の顔をして、セレスティナを見据えていた。

「どうか、彼を。――リカルドを兵器扱いするのは、おやめください」

ハッと息を呑んだ。バルトラムだけではない。隣で聞いていたリカルドまで。

「どうか、どうか――！」

ずっと言いたかった言葉だった。単純に、彼の武力に頼るなという意味ではない。

「どういう意味だ？」

静かに問うバルトラムに向かって、セレスティナは息を呑む。

「陛下が――この国の皆様が、夫を、リカルドの力を充分以上に認めてくださっているのは理解しております。だからこそ、リカルドが騎士としてあるまじき行動をしても咎めない」

ずっと気になっていたのだ。

長きにわたるリカルドの体調不良のこともあった。それでも、自由に引きこもっていて許されるのは、彼が特別視されすぎていたから。彼を単なる騎士ではなく、それ以上のものであると認識しているからだ。

「普段の素行を盾に、有事の際、リカルドひとりに責任を押しつけるおつもりではございませんか？」

たとえば国家間で戦争が起こったら。

リカルドひとりが矢面に立たされる日が来る。セレスティナはそれが怖かった。

「陛下、リカルドは物ではありません。ひとりの人間です。あなたにお仕えする、大勢いる騎士の中のひとりなのです」

いざという時に責任を押しつけられることだけではない。彼の出番は有事のみで、それ以外はなにをしようと、していなかろうと許されてしまうのは、悲しいことのように思えたのだ。

国もリカルドも、関係性を変えることを諦めてしまっているようで。

セレスティナと結ばれることによって、リカルドは変わった。人として、太陽の下で過ごせるようになったし、戦闘時以外にも穏やかに暮らせるようになった。

まだまだ人と話すのは苦手でも、嫌っているわけではない。最近は訓練の話や部下の話も、ぽろぽろと会話に出るようになった。

そんな彼の変化が、セレスティナは嬉しい。

だからもう一歩、セレスティナのエゴかもしれないけれど、前に進んでほしかった。

「そうか――」

バルトラムは目を閉じた。深く呼吸をし、長い沈黙の後、大きく頷いてみせる。

「――そうだな」

彼がこの話に頷いてくれただけでも、今回の会議に同行した意義がある。少なくとも、セレスティナはそう感じた。

「しかし、いいのか？　そなたの夫にとっても、なかなか耳の痛い話でもありそうだが」

なんて痛いところを衝かれたが、セレスティナは誇らしげにリカルドに目を向ける。

リカルドは息を呑み、けれど、噛みしめるように呟く。

「兵器ではなくて、普通の、騎士として――」

わずかに口角が上がる。

その後リカルドは肩の力が抜けたような、あどけない顔をしていた。まるで、自分の中の感情を確かめるように。

さらに三日移動し、ようやくルヴォイア王国へ。

そこには、懐かしい顔が並んでいた。

自分と同じ色彩の、優しそうな表情をした男性。激情家で有名な〈火の神〉ディオラオンの加護を授かっているものの、本人自体は穏やかで、暖炉に灯るあたたかな炎のような人。

ルヴォイア王国国王ディオラル・ディオラオン・エン・ルヴォイアその人である。

今は父ではなく、国王としてそこに立っているが、セレスティナを見つめる目は優しかった。

「遠路はるばる、よくお越しくださった。フォルヴィオン帝国皇帝バルトラム殿」

「いや、こちらこそ。盛大な歓迎痛み入る」

まずはトップ同士が穏やかに挨拶を交わし、奥へ向かう。

次はリカルドとセレスティナの番だ。セレスティナは貴婦人の礼をして、大好きな父に向き直った。

「ようこそ、我が国へ。――セレスティナ殿も、健勝そうでなによりだ」

「お久しぶりです、陛下。フォルヴィオン帝国では本当によくしていただいております。こちら、夫のリカルドですわ」

親子とはいえ、ここは公式の場だ。セレスティナもあくまでひとりの客人として、他国の王に対する礼儀を見せる。そうして改めてリカルドを紹介すると、彼は非常に緊張した面持ちでディオラルに向き直った。

「結婚のご挨拶が遅くなり、申し訳ありません。黒騎士リカルド・ジグレル・エン・マゼラと申します。ティナ――セレスティナには、俺――いや、私も、とてもよくして、もらっていて――」

しどろもどろだが、リカルドなりの誠意は伝わってくる。

なにせ目の前の男は、セレスティナの父だ。リカルドなりにしっかり挨拶したいと思ってくれているのだろう。

セレスティナに想いを伝えようとする時と同じ。自分の気持ちを分解し、どうにか言葉にしようと奮闘しているが、こういった経験が圧倒的に足りないらしく――

「すごく、幸せで。可愛くて、優しくて。俺、毎朝、仕事に行くのが嫌になってしまうほど――」

「あっあっあっ！　リカルド！　ちょっと、待って！」

とんでもないことを口走ろうとしてしまっている！

さすがにこのような場所で夫婦関係について赤裸々に語るのは勘弁してくれと、セレスティナは真っ赤になりながら彼の腕を引っ張った。

かの黒騎士の口から盛大な惚気が飛び出してくるとは思わなかったのか、ディオラルだけでなく周囲の者たちからもどっと笑い声が漏れる。

セレスティナはあわあわと真っ赤になるも、リカルドの言葉は止まらない。きちんと伝えることに躍起になっているのか、真剣な面持ちで主張し続けている。

「――俺にとって、セレスティナは全てです。彼女を俺のもとへ輿入れさせて、くださり、本当に、感謝、します。これからも、彼女を大切にすると――誓います」

最後まで宣言しきって彼は頭を下げた。

周囲の雑音など耳に届いていない。彼は、気持ちを伝えたい相手に、素直な気持ちを伝えているだけ。

ディオラルは面食らったように目を丸くして、しばらく。父親の顔をして眦（まなじり）を下げた。

「娘を貴殿に任せて本当によかった。セレスティナを頼むよ」

国際会議の初日は、いわゆるレセプションだ。到着した国々の代表者がホールに集まり、談笑している。

ディオラルへの挨拶（あいさつ）でよほど緊張したのか、リカルドはややぐったりしている。しかし、周囲は放っておいてはくれない。

従来は一匹狼。フォルヴィオン帝国の最終兵器であった黒騎士リカルドが、妻に対してだけデレデレで、案外気安そうな人だと目に映ったせいだろう。

リカルドは緊張で硬直しっぱなしだから、今こそセレスティナの出番だ。王女時代に培（つちか）った語学や知識を駆使（くし）して談笑を続けた。

このたびの再婚のことを祝福してくれる声は多い。

普通ならありえない、第一降神格同士の婚姻だ。少なからず嫌味を言われることもあったが、公式の場であるため、向こうもちゃんと弁（わきま）えている。表面上は丁寧な褒め言葉に置き換えてくれるから、セレスティナもサッと受け流すだけで済んだ。

とはいえ、ほとんどの人が好意的に受けとめてくれていて、セレスティナもほっとする。

「ティナ！」

さらに、他国に嫁いだふたりの姉が顔を見に来てくれた。

彼女たちは、セレスティナがイオス王国でひどい目に遭っていたことも知っている。だから心配そうに駆け寄ってきたが、セレスティナの顔を見るなり安心した様子で相好を崩した。

「旦那様に大切にしてもらっているのね」

「はい」

嘘偽りなく頷けることが本当に嬉しい。

セレスティナが花開くように笑うと、彼女の可憐さに周囲が感嘆のため息をついた。

しかし次の瞬間。

ガシャァーン！　と、大きな音が鳴り響く。

音のした方向に目を向けるなり、セレスティナは言葉を失った。

床に転がったワイングラスは粉々に砕けて、中のワインが飛び散っている。それが足元を汚したことにも気づかず、立ち尽くす男がひとり。

目が合って、呼吸が止まった。

「あ……」

心臓が大きく軋む。

駄目だ。ここは国際会議の場。動揺を見せてはいけない。そう思うのに。

あの日々の恐怖が蘇り、背筋が凍りつく。

煌めく金色の髪に碧い瞳。誰もが息を呑むほどの美しい王子様。

ラルフレット・アム・イオス。かつて、セレスティナの夫だった人だ。

夫と言っても、彼と顔を合わせたのはたった一日。セレスティナを幽閉し、全てを搾取しようとした人でもある。

ざっと血が逆流するような心地がして、セレスティナは一歩後ずさる。

ヒールが引っかかり、よろけた。リカルドにサッと抱きとめられ、顔を上げる。

リカルドは見たことのない顔をしていた。部下の騎士たちに向けた嫉妬の目ともどこか違う。温度のない、戦神の瞳だ。

セレスティナを強く抱き込んだまま、その目はラルフレットを捉えている。

圧倒的な敵意をぶつけられ、ラルフレットはビクッと身体を震わせた。セレスティナを求めるように片手を前に出そうとしながら、動けなくなってしまったようだ。

唇を引き結び、目を見開いたまま、セレスティナたちを凝視している。

まさに一触即発。会場は緊張感を増した。

しかし、ここはレセプションの場だ。騒ぎを起こしてはいけないことくらい、リカルドも弁えているのだろう。

「ティナ、顔色が悪い。少し、休んだほうがいい」

彼の中で、最善だと判断された言葉が告げられた。すぐそばにいた姉も、大きく頷いている。

「そうしたほうがいいわ。――リカルド様、向こうに控え室があります。ティナをお願いできますか?」

「もちろんです」

相変わらず険しい顔をしたまま、リカルドも頷(うなず)き返す。その場でセレスティナを抱き上げ、身を翻(ひるがえ)した。

「――――っ! 待ってくれ! セレスティナ!」

なにを思ったのか、ラルフレットが縋(すが)るようにセレスティナの名を叫ぶ。

リカルドは彼を一瞥(いちべつ)しただけだった。けれどその視線に含まれる凄(すさ)まじい殺気。それを正面から浴びたらしく、ラルフレットは瞬時に顔色を真っ青にして跪(ひざまず)く。

リカルドはすっと視線を外すと、すぐに立ち去った。

「セレスティナ……っ!」

どうしてラルフレットが何度も自分の名前を呼び、あまつさえ傷ついたような表情をするのか、セレスティナにはまったく理解ができなかった。

いくつかある控え室の一室を開放してもらい、リカルドとふたりきりになる。

視界が暗く、狭くなっていくようなこの感覚。あの顔を見るだけで、いまだに蘇(よみがえ)ってくる恐怖。

身体の芯から凍える心地がして、セレスティナは身体を丸める。

リカルドは大股でソファーまで移動すると、セレスティナを抱き上げたままドカリと腰を下ろした。それから、さらに強くセレスティナを抱きしめる。

「ティナ」

名前を呼ばれてわずかに顔を上げると、容赦なく唇を奪われた。

貪るような激しいキス。口紅がつくのも厭わずに、彼はセレスティナの口腔を犯していく。

余裕がない時。外に出て、セレスティナが誰かと会った時。騎士たちとの訓練に立ち会った時。

後でいつもリカルドはこんなキスをする。

セレスティナが誰かと交流すると、彼はいつだって不安になるのだ。それを耐えて、耐えて、耐えて、ふたりきりになった瞬間に爆発させる。

――でも今は。

「ティナ。ああ、ティナ――」

いつもの比ではない。

深く。どれだけ執拗に舌を絡めても、全然足りないらしい。

「どうすればいい？　どうすれば、あなたの記憶からあの男を消せる？」

「ん、んん……っ」

「――あの男には、渡さない」

そう呟くリカルドの声は、低く、暗い。

絶対の決意をもって呟かれた言葉に、セレスティナの心も侵蝕されていく。

（ええ、渡さないで）

唇を奪われていて、言葉にすることはできない。

（わたしをずっと、あなたのものでいさせて）

今はリカルドの執着が頼もしく、縋りつきたい気分だった。

激しすぎるくらいの熱をぶつけられて心がわずかに解れ、彼の背中に腕を回す。そうして自分から彼を抱きしめると、リカルドは表情をくしゃくしゃにして、さらにセレスティナを貪った。

セレスティナの細い身体を抱きしめる腕が、するすると下りていく。腰をなぞり、太腿へ。さらにドレスの裾を捲り上げようとしていたところで――

ドンドンドンドン！　と、けたたましいノック音が聞こえてきた。

「…………あいつか」

長い沈黙の後、リカルドがぼそりと呟く。

「あのー、すみません、主ィ。お取り込みのところ申し訳ないんですけど、ご報告が」

この間延びした声はフィーガだろう。

リカルドと顔を見合わせると、彼は大きくため息をつき、優しくセレスティナの髪を手櫛で梳かしていく。わずかに乱れたドレスも整え「なんだ」と外に向かって低い声を返した。

鍵を閉めていたはずなのに、いとも簡単に解錠される。ひょっこり顔を出したのは、案の定フィーガだ。

「どもどもォ、主の忠実な下僕フィーガです」

「忠実だと言うのなら今は邪魔をするな」

「ええ？　そこは、主の大切な奥方様を慮ってのことですって。……こんな場所で、外に出られなくしちゃうつもりですか？」

　中でなにが行われていたのか理解しているのだろう。痛いところを衝かれて、リカルドはふいっと視線を逸らした。

　同じくセレスティナも、意識が落ち込んだまま流されそうになっていたことにようやく気がつき、ハッとする。

「わたし……」

　しまった。本当にこのままリカルドの腕の中で閉じ込められたいと思っていた。

　けれど、今は駄目だ。本来の自分としての思考をようやく取り戻し、首を横に振る。

「リカルド、ごめんなさい。わたし、動揺しちゃって」

　慌てて彼の胸を両手で押し、わずかに身体を離した。

　相変わらず膝の上からは逃がしてもらえないが、多少日常が戻ってきたような感覚がある。

　キリッと表情を引き締めフィーガを見ると、彼も困ったように肩をすくめた。

「すみません。正直、僕だって邪魔をしたくなかったですよ？　でも、さすがルヴォイアの王宮といいますか、加護の力、思う存分ふるえなくってェ」

　それはそうだろう。各国の第一降神格が集まるこの国際会議の会場には、防衛上の理由で魔法や加護が使用できないように特殊な結界が張られているのである。

　もちろん、生活魔法を含めた全ての魔法を禁ずると充分なもてなしができなくなるため、ルヴォイア王国の血が流れる者のみが魔法を許される。これはルヴォイア国王だけが使用できる特殊結界なのだ。

本来ならばそんな高度な魔法、人間がなしうるものではないのだが、この王宮がある場所は、ルヴォイア王国でも特に力が強い、言わば聖地だ。

この土地の特殊性、そして初代神皇が〈天空神〉ルヴォイアスの加護を授かっていた影響で、それだけのことが可能なのだと言われている。

こんな特殊結界が張れる土地だからこそ、国際会議が毎回この国で行われるのだ。

「フィーガ、声をかけてくれてありがとう。リカルドがいるからもう大丈夫よ。——会場に戻りましょう」

「だが——」

リカルドのほうが納得できていないらしい。

会場に戻ればラルフレットがいる。むざむざ元夫に会わせる気などないということだ。

(でも、会期は長いわ。いずれ、顔を合わせることになる)

であれば、今のうちに慣れてしまったほうがいい。セレスティナは勇気を奮い立たせて、立ち上がろうとする。

「あー、ちょっと待ってください。戻る前に、おふたりにご報告が」

「報告？」

一体なんだろうか。唐突なフィーガの呼びかけに、リカルドのほうが表情を強張らせる。

「件の王太子サマってば、一体なにを思ったのか、奥様に未練タラタラって感じでェ」

まさかの情報に、セレスティナは目を丸くした。

リカルドからも殺気が漏れる。それを見て、フィーガは大げさに肩をすくめてみせた。

「……先に、一応忠告しときますけどォ。主、今から僕が報告することに腹を立てて、そこらへんの物を壊さないでくださいね。面倒事が大きくなるだけなんで」

——それは難しいかもしれない。と、セレスティナも思った。

結界内のはずなのに、リカルドからは寒気を感じるほどの殺気が放たれている。そばにいるセレスティナまでもがゾクゾクしてしまうほどだ。

リカルドにルヴォイアの血は流れていない。なにをどうすれば、こんな魔力放出が可能なのかはわからない。が、それほどまでにリカルドの魔力が桁違いなのだとしか考えられない。

「…………言ってみろ」

「大丈夫かなァ」

おおいに不安を感じながらも、フィーガは意を決したようだ。

「なんかですねェ、イオスの王太子サマってば、奥様のことをいまだに『自分の妃』だとかなんとか呼ん——」

バギィ！　と、座っていたソファーが真っ二つに折れた。

リカルドはセレスティナを膝の上に乗せたまま、空気椅子状態である。そのまま動けないくらいに、完全に固まっている。

「あ！　よりにもよってソファー！　……ハァ、謝罪が……僕の仕事が……」

「ここで報告したお前が悪い」

「僕のせい⁉　ああ、でも事前にお伝えしておいてよかったですよ！　会場だったら例の王太子サマを即殺しかねなかったですよね⁉　ってか結界内でこれって、どんな魔力してんですかアナタ⁉」

「ああ、そうか。そうだな。あの男自体を消してしまえばいいのか」

「いやいやいや！　我が意を得たりって顔、やめてくれます⁉」

案の定物騒な物言いに、フィーガのほうが目を白黒させている。けれど、リカルドは納得するようにふんふんと首を縦に振るだけだ。

「なるほど。フィーガ、なかなか良いことを言う」

「いやいやいやいやいや⁉　それはさすがに揉み消せないので、殺すなら誰も見てないところで――じゃない！　もうちょっと別の方法で怒りを抑えてくださいって！」

「無理だ。――――いや、無理だ」

「結局無理なんじゃないですか！」

男ふたりで大騒ぎしているけれど、セレスティナもわけがわからなかった。

どうして今さら、ラルフレットが自分を妃などと呼ぶのだろうか。

彼とは離縁したはずだ。セレスティナはとっくの昔に捨てられている。イオス王国内での評判も散々だ。今さら固執される意味がわからない。

――が、その前に。このままだとリカルドが永遠に空気椅子状態である。さすがにしんどいだろうし、格好もつかないと、セレスティナはするりと彼の膝の上から下りた。

「リカルド、ほら立って」

彼の手を掴んで立ち上がらせ、ぎゅーっと抱きしめる。

「………ティナ」

ああ、彼の体温だ。すさんでいた彼の魔力が凪いでいく。

リカルドは困惑するような、どこかあどけない顔をして、おずおずとセレスティナを抱き返してきた。そんな彼の背中に手を回し、大丈夫だよと伝えるようにぽんぽんと叩く。

「わたしは、あなたの妻」

「ああ」

「ちゃんと婚姻は結んだもの。なにより、わたしはあなたを愛しているわ。だから大丈夫」

「ん」

はっきり言い切ると、リカルドは甘えるようにセレスティナの肩口に顔を埋める。

うん、うん、と何度も頷き返してくるのが愛しくて、セレスティナは彼の頭を撫でた。

長身で、誰よりも強い男の人なのに、セレスティナにだけは甘えたがりだ。そんな彼が落ち着くのを待っていると、フィーガが「大変申し上げにくいんですがー……」と声をかけてくる。

「なんだかね。先方、持ってるんですよ」

なにを？　と小首を傾げた瞬間。フィーガはここに来て、特大の爆弾を落とした。

「あの不届き王太子サマと奥様の、当時の結婚証明書。多分本物」

パリンパリンパリンパリーン！　と音がしたかと思うと、部屋中の調度品が綺麗に割れていた。

「あぁーっ！　どうしてくれるんですか損害賠償がァ！」

などと嘆いているけれど、このタイミングで言ったフィーガが悪い。

（……ううん。ここまで、計算に入れてそうではあるけどね）

大げさに嘆いて見せているが、おそらく、先にリカルドの怒りを発散させるためのポーズだ。放置しておけば、このあともっと大きな被害が出かねない。だから、被害をこの程度に留めさせたというわけだろう。

しかし、こうしてはいられない。

セレスティナたちはバタバタと、来た廊下を戻っていく。

本来ならば華やかな音楽が溢れるレセプション会場。それが、今は騒然としていた。

人々の戸惑い、ざわめき。そんな中、ひときわ大きい声が耳に届く。

忘れもしない、この声だ。朗々として、さも自分は正しいとばかりに堂々と主張する。まさに王子の中の王子という態度。

この声に、雰囲気に、以前のセレスティナは呑まれていた。

「ルヴォイア国王、どういうことですか！　セレスティナを――我が妃を、他国に！　それもフォルヴィオン帝国の騎士などに娶らせたとは！」

先ほどのフィーガの報告が、嘘であると思いたかった。

しかし、やはり現実らしい。足どりは重いが、好き勝手言わせておくわけにはいかない。

セレスティナは今度こそ背筋を伸ばして、声のするほうへ真っ直ぐ向かっていく。

隣にはリカルドだ。彼が魔力を暴走させないよう、ガッチリと腕を掴み、宥めながら歩いた。

レセプション会場では、セレスティナの父であるルヴォイア国王ディオラルに、フォルヴィオン皇帝バルトラム。さらに、声を荒らげるラルフレットの三者を取り囲むように、参加者たちがぐるりと円になっている。

そこにセレスティナたちが戻るなり、待っていたとばかりに人々が道を開けた。

いよいよ主役のお出ましだぞと、人々が好奇の視線を向けてくる。

（神聖な国際会議の場で、なんてことを——）

このような騒動を起こすほど、愚かな人だとは思わなかった。

国際会議の会期は十日間。その間ずっと、しつこくこの話題を持ち出すつもりなのだろう。

（そうまでしてわたしを取り戻したいって、どういうことかしら）

ラルフレットにとってセレスティナがそこまで価値があるのだとは、到底思えない。

（ラルフレット様は、わたしを汚らわしいと言っていたわ）

思い出すだけで、気持ちが塞いでいく。

彼にとっても、セレスティナと離縁できたことは僥倖だったはずだ。なのにどうして、今さらこんな主張をしてくるのだろう。しかも、結婚証明書を持ち出してまで。

「セレスティナ！」

こちらを見つけるなり、ラルフレットが叫んだ。

彼に名前を呼ばれたことは数えるほどしかないが、なんとも言えない嫌悪感がこみ上げてくる。

セレスティナは表情を引き締めた。

うつむいてはいけない。逃げるな。前を向け。

そう自分に言い聞かせ、奮い立たせるも、すっとセレスティナの視界が遮られる。

「軽々しく、我が妻の名を呼ばないでいただこうか」

リカルドだ。剣呑とした空気を隠そうともせず、ラルフレットを睨みつけていた。

ルヴォイア国王による結界の効果を貫通して、リカルドの身体から魔力が放出される。まさに覇気——いや、殺気とも言える異様な魔力に気圧され、人々はたじろいだ。

「これが〈糸の神〉の……!?」

「なんということだ。これほどの力とは……」

「ここは結界内ではないのか!?」

リカルドはフォルヴィオン帝国の英雄だ。噂は広まっているものの、その力を実際に目にした者は多くない。

前回の国際会議でもリカルドは目立たないようにしていたし、有事以外は表に出てこない。フォルヴィオンの秘密兵器という認識はあっても、想定よりも遥かに大きな力に慄く者は少なくなかった。

しかし、ラルフレットは折れない。

「妻だと？　私は認めたつもりはない。私たちはずっと夫婦だった！　セレスティナは療養のため、一時的に帰国していたにすぎない。それを、こんな――」

リカルドの魔力を浴びてもなお、気丈に主張を続けている。

とはいえ真っ向からリカルドと向き合うことから逃げたのか、ラルフレットの怒りの矛先はセレスティナの父、ディオラルへ向いた。

「ルヴォイア国王！　これはどういうことですか!?　我々の婚姻は成立したままのはず。私は妻の体調を心配して、彼女を貴国へ送り返したというのに！　それを重婚になることも承知で別の男にあてがうなど――あなたの国は、完全中立国ではなかったのか!?」

あまりにもくだらない主張に、ディオラルは目を据わらせ、ほぅ――……と深いため息をつく。

「そもそも」

這うような、低い声がフロアに響いた。

あまりに珍しいことに、セレスティナは息を呑む。だって、あの穏やかな父が怒っている。

「私は確かに、ふたりの結婚証明書が破棄されたのを目にしている。貴殿が破り捨てたあれは、まさか複製したものだったということか？」

離縁するためには、両国に保管された結婚証明書を互いに破棄する必要がある。けれども今、そこに本物が残っているということは、かつて処分されたはずのイオス王国側の結婚証明書は偽物だったことになる。

これは騙したも同然の行為であり、当然、国際法に違反している。

「それに貴国でのセレスティナの暮らしは、とても王太子妃への扱いとは思えないひどいものだったはずだが？　それを療養などと。貴殿が我が娘をどれだけ虐げたかをお忘れか」

「一体なんのことです。私はセレスティナには充分に妻として接してきたつもりだが？　なにを証拠にそのようなことをおっしゃるのか」

「医師の診断書もなにもかも、記録はとっている」

「それが捏造ではないという証拠はあるのですか？」

水掛け論である。

こういった時、本来ならば中立国――すなわち、このルヴォイア王国が仲介に入ることが多い。

しかし、今回はそのルヴォイア王国が当事者なのだ。事件を客観的に判断できる第三国が存在しない。

「この通り、結婚証明書は存在している。これが我が手にある限り、セレスティナは私の妻だ！」

双方の主張が食い違うなら、残されたそれが唯一の証拠。ラルフレットはそう主張しているらしい。

「さあセレスティナ、そのような男に囚われてかわいそうに。私のもとへ帰ってこい！　この私が愛して――あっちぃ!?」

だが、彼の主張は長く持たなかった。

誰が触れたわけでもない。公衆の面前で、彼がかざしていた結婚証明書が焼失したからだ。

「わあああ!?　なんだ!?　なんだこれは!?」

炎は容赦なくラルフレットの手袋へ燃え移る。すぐに手袋を脱ぎ去ろうとするも、慌てているせいでうまくいかないようだ。

「やめろ！　誰か！　水を!!」

必死で泣き叫びながら周囲に訴えかけると、見かねたセレスティナの姉のひとり、ツォンテーヌがパチンと指を鳴らす。次の瞬間には、ざあああー！　と、ものすごい勢いで、ラルフレットの頭上から大量の水が降り注いだ。

「まったく、みっともないったらありませんわ」

表情は明るいものではない。

ツォンテーヌは盛大にため息をつき、視線を背ける。

「あらお姉様、他国のお客様にそのようなこと、おかわいそうではないですか」

次に声を上げたのは二番目の姉メゾレンネである。第一降神格の彼女も当然この場に参加しており、指先を唇に当て、フッとひと息吐いた。すると今度はラルフレットの足元からつむじ風が巻き起こり、水気を吹き飛ばす。

服も髪もぐしゃぐしゃで、煌びやかな王子スタイルは影も形もない。

「姉上たち、あまりにもやりすぎですよ」

そう窘めるのは王家四兄弟の三番目、王太子でもある兄のノイエだ。彼がパンパンと手を叩くと、今度は熱風が吹き荒れ、ラルフレットを高速乾燥させた——が、勢い余って髪は逆立ったまま固定されている。

あまりの出来事に、ラルフレットも硬直したまま、ぽかーんと口を開けていた。

服は乱れ、手袋は中途半端に焼け焦げ、髪の毛は見事に逆立っている。

東の大国、イオス王国の王太子としてはありえないほど滑稽な姿に、周囲も笑いを禁じえなかったらしい。

ぷっ、と噴き出す笑いが漏れたかと思うと、ざわめきがどんどん広がっていく。表立って笑えない立場の人々も、笑いを堪えるのに必死なようだ。

「うちの可愛い妹にあれだけのことをしでかしておいて、なかったことにするなんて都合がよすぎませんこと？」

「そうよ。本当なら、わたしたちがお仕置きして差し上げたいけれど、それは――」

家族の皆が一斉にこちらに目を向ける。いや、正確には、セレスティナの前にいる男に。

「彼に譲るべき、なのでしょうね？」

そこには滑稽なラルフレットの姿を見ても、微塵も表情を崩さないリカルドが立っていた。

彼は絶対零度の瞳で相手を睨みつけている。一切の温度も感情も浮かべぬ冷ややかな表情。そして滲み出る魔力に、ラルフレットは気圧された。

「――さてはお前か！　お前が、大事な証拠を！」

「さて」

腹の底から絞り出すような低い声。

リカルドが一歩前へ踏み出すだけで、ラルフレットはヒィッ！　と後ろに下がった。

「なんのことでしょう？　先ほどの炎を、俺がやったと、どこに証拠が？」

結婚証明書を燃やした魔法は、なんの詠唱も予備動作もなかった。

第一降神格であればそんな芸当が可能だとしても、ここには結界がある。常識的に考えれば、ルヴォイアの血族ではないリカルドに、できるはずがないのだ。

セレスティナの親族がやったと言うほうがまだ説得力がある。

「私にセレスティナを取られたくなくて焦っているのだろう⁉　セレスティナ、そんな凶暴な男はやめて、私のところに――ヒイイッ⁉」

ギンッ！　とリカルドの眼光が鋭くなり、ラルフレットは飛び上がる。

（リカルド、我慢してくれてる）

背後から、セレスティナはリカルドの動向を見守る。けれど、彼が握りしめる拳を見た瞬間、息を呑んだ。

（違う……！）

震える拳。黒い手袋の一部が、さらに黒く変色しているように見えた。

――血だ。我慢のあまり、拳を強く握りすぎているらしい。

胸が軋む。

守られているだけでは、駄目だ。

「リカルド！」

セレスティナは手を伸ばす。

彼の腕に己の腕を絡め、身体を寄せると、リカルドはハッとしたようにこちらを向いた。

そしてセレスティナはリカルドの代わりに、前に出た。

背筋を伸ばし、誰よりも気高き王女の顔をして。

「ラルフレット様」

もう、声は震えなかった。

またこうして、昔の夫の名前を呼ぶ日が来るとは思わなかった。

でも大丈夫。隣にはリカルドがいるから、怖くない。

「どう主張なさったとしても、わたしの答えは変わりません。わたしはリカルドの、フォルヴィオン帝国の黒騎士リカルド・ジグレル・エン・マゼラの妻です！　あなたのもとへは戻りません」

「――――っ！」

ラルフレットは息を呑んだ。

まさか、セレスティナがこうも真っ直ぐ拒絶の意を示すなど思ってもみなかったのだろう。

彼にとって、セレスティナは自分に捨られた惨めな妃でしかない。少し可愛がってやれば、すぐにまた媚びてくるとでも思っていたのか。

残念ながら、セレスティナにそんな感情はこれっぽっちもない。

「わたしはリカルドを愛していますから」

堂々とそう言い切り、リカルドの顔を見上げる。

リカルドは呆けたように口を開けて、すぐにきゅっと表情を引き締めた。しかし、頬も、耳も赤い。

公衆の面前で宣言するのは刺激が強すぎただろうか。でも、彼も普段から似たようなことはするのだから、お互い様だ。

　一方、ラルフレットの顔は、リカルドとは違う意味で真っ赤だった。

「っ、っ、っ――！　ルヴォイア国王、これはどういうことだ!?　そもそも！　貴国の王女は第一降神格のもとへ嫁げないのではなかったのか!?」

　リカルド、セレスティナを相手にできないとわかったからか、彼の矛先はディオラルのほうへ向く。しかしディオラルも厳しい表情を浮かべたまま、冷たく言い放った。

「――貴国から戻った時、セレスティナはすべての魔力を失っていた。誰かに、搾取されつくしたようでな」

「っ！」

「魔力がなければ加護も使えない。――まあ、セレスティナの加護は〈処女神〉。そもそも、あってないような加護であったことくらい貴殿も承知の上だったろうが」

「それは、そうだが。しかし今は、その魔力も回復しているだろう!?」

「――――待て。なぜ貴殿がそれを知っている」

　ぎろりと、リカルドの視線が厳しくなる。

　その指摘にセレスティナ自身もハッとした。

　確かにそうだ。セレスティナが魔力を取り戻したことは、リカルドや騎士団の者たち以外誰も知らないはず。

「それは！　こ、これだけ時間が経ったんだ！　回復していても、おかしくない、と思い……！

そもそも！　加護も魔力もない娘を娶ろうなど、酔狂な男がどこに――」

「ここにいる」

はっきりと言い切り、リカルドはセレスティナを抱き寄せた。

「俺からしてみれば、彼女にあんな扱いをした貴様のほうが酔狂だがな。加護や魔力がなかろうと、俺はティナを愛している」

各国の代表たちの前で、一切物怖じせず、こうもはっきりと愛の言葉をもらえるとは思わなかった。それだけで、セレスティナの胸は熱くなり、こくりと頷く。

さらに、追い打ちをかけてくれるのはツォンテーヌだ。

「こうも愛し合うふたりを引き裂こうだなんて、イオス王国の王太子殿下って野暮なのね」

さらに父ディオラルが続く。

「リカルド殿に嫁いだ時、セレスティナは第一降神格としての力を失ったも同然の状態だった。そんな娘がどこへ嫁ごうと、我が国としては問題ないと判断したのだ」

「しかし、法は⁉　きちんとした取り決めがあるはずだ！」

「ルヴォイア王女は第一降神格のいない国に嫁ぐ、か？　それは我が国の不文律に過ぎない」

「不文律……？」

きちんと歴史と各国の情勢を勉強している者なら知っているはずのことだった。

ルヴォイアは第一降神格という貴重な存在を多く生み出す特別な国だ。だがそれは決して、他国に管理されているわけではない。ただ、中立国としての立場を果たそうとしているだけ。国民が穏やかに暮らせるように整え、つつましく生きる。それがルヴォイア王国の在り方だ。

昔と異なり、今は弱小国に成り果てたと言われているが、正確には少し異なる。躍起になって国力を持とうとしていないだけなのだ。その気になれば――

「そのような当たり前のこともご存じなくって？」

「イオス王国の王太子ともあろうお方が？　東の代表格が、まさか、そんな――ねえ？」

「ラルフレット殿、なにか勘違いしておいでのようだが、我が国の王女は、各国のバランスを整えるために捧げられる生贄ではない」

ザッと、家族の皆が前に出る。

それに呼応するかのように、姉の嫁ぎ先の王族、かつて婚姻を結んできた関係の深い国々の代表たち、それからルヴォイア王族の傍系――すなわち、第一降神格の面々が前に出た。

「わたくしたちが、誰よりも血族を大切にするのをご存じなくって？」

「よくも二年間もセレスティナを閉じ込めてくれましたね」

「あなたは否定なさるが、我々はあなたの言葉を信用できない。ひいては、イオス王国のことも」

そう言って、イオス王国の使節団を睨みつける。

ルヴォイア王国だけでは力が足りずとも、長い歴史の中で築いてきた数々の繋がりがある。

第一降神格が揃い踏み、さらに各国の代表者たちに睨みつけられ、いよいよラルフレットは追い詰められた。

「くっ……！　セレスティナ！　どういうことだ!?」

「どうもこうも。わたしの夫はリカルドただひとりです」

「こっちへ来い！　――お前、その男に脅されているんだろう!?　だから、心にもないことを」

あまりに心外な言葉に、普段笑顔を絶やさないセレスティナでさえ表情を引きつらせる。

キッとラルフレットを睨みつけると、いよいよラルフレットは口を閉ざした。

「――っ、っ、っ、気分が悪い！　本日はこれにて失礼する！」

やがて顔を真っ赤にしてそっぽを向くと、ズンズンと足音を立てて退場していった。

出口をくぐる前に一度振り返り、セレスティナを睨みつけて。


――ひと騒動を終えた後。

さすが各国の代表たちの集まりと言うべきか、ラルフレットが立ち去るなり、皆、平然とした顔で交流を再開した。もちろん彼らの興味関心は、セレスティナとリカルドに注がれることとなってしまったが。

特にリカルドは、その圧倒的な魔力や存在感を絶賛されていた。

人々に直接称賛されることに慣れていないリカルドのことだ。さらに慣れない国際会議の場だからこそ、すぐに退室したがるかと思ったけれども、そのようなことはなかった。

リカルドは最後まで堂々と、セレスティナの夫としてそこに立っていた。

そうして、夜。

「はぁー……」

客室でふたりきりになった瞬間、深いため息をつきながら、リカルドはセレスティナをぎゅうぎゅうに抱きしめた。

「帰りたい。今すぐ。あなたと、あの屋敷に」

「ふふ」

ふたりきりになると、リカルドはよく弱音を吐く。

セレスティナにだけは甘えん坊で、すぐふたりだけの場所に閉じこもりたがる。

長く家を持たなかった彼が「帰りたい」と口にすることに喜びを感じつつ、セレスティナは彼をよしよしと宥める。うなだれる彼を、真っ直ぐソファーへ連れていった。

たびたび各国の代表を迎えているここルヴォイア王国は客室も整っていて、家具も一級だ。セレスティナはふかふかのソファーに腰掛けて、リカルドを抱きとめる。

そのままずるりと彼の身体を横たえて、膝枕をしながらたっぷり頭を撫でると、多少は落ち着いたらしい。彼は心地よさそうに息を吐いた。

「ありがとう、リカルド」

「――――ん？」

「わたしのために我慢してくれたのでしょう？」

「それは」

リカルドは気恥ずかしげに視線を逸らした。

まあ、我慢し切れていたかと言えば、怪しい。

結婚証明書を燃やしたのは、おそらくリカルドだろう。あの結界の中でそんな芸当ができるのは、ルヴォイアの血族以外ではリカルドしか考えられない。

だが、それ以上のことはせず、じっと彼は耐えた。むしろセレスティナの姉たちのほうが我慢できていなかった。

セレスティナのことになると、リカルドはいつも自分自身の執着と戦うことになる。

その執着は、おそらくセレスティナにすら理解できないほどのものだ。体内で暴れる本能を抑え込むことは、簡単ではなかったはず。

なのに、彼は耐えきった。以前の彼ならできなかったことだ。

しかも今回は、相手があのラルフレットなのだ。リカルドにとって最も許しがたい相手だったのではないだろうか。

「ありがとう。愛してるわ」

「――ん」

身体を倒して、寝転ぶ彼の唇にそっと己のそれを重ねた。

リカルドは目を細めながら、唇を受けとめる。

「あなたのためなら、お安いご用だ――と言いたいが」

「が？」

「――次は、難しいかもしれない」

キス程度では、ご褒美にならなかったか。

リカルドの瞳がいつになく赤い。普段は黒曜石の瞳も、彼の怒りの感情が高まるほどに赤く染まる。左目のほうがより顕著だが、右目にまでその色彩が表れるのはよっぽどだろう。

「あの男、またなにか言ってきそうだ」

「ええ」

そうだろうな、とも思う。

正直、ラルフレットがあそこまでセレスティナに固執するとは思わなかった。けれども一連の出来事の中で、あの男の性質だけは十二分に伝わってきた。

恐ろしいほどのプライドの高さ。公衆の面前で辱められて、泣き寝入りするような性格ではないだろう。

それに、彼はイオス王国の王太子なのだ。フォルヴィオン帝国ほどではないが、イオス王国だって世界有数の大国。黙って見ているはずがない。

国際会議の会期は十日間。チャンスがあれば、きっとセレスティナに接触してくるはず。

「でも、どうして、そこまでわたしに……？」

それだけがわからない。

少なくとも、セレスティナはラルフレットの好みではないはずだ。女性として少しでも興味を持たれるような存在ならば、かつて、あのような地下牢には入れられなかったはず。

（結果として、それでよかったんだけど）

二年間。虐げられ、搾取され、辛い思いをしてきたからこそ、今がある。

あの時魔力を根こそぎ奪い取られ、捨てられていなければ、リカルドとの再婚は叶わなかった。

感謝こそしたくはないが、それが事実だ。

（って、そうよ。魔力――）

セレスティナはハッとした。

「そういえば、あの方、わたしの魔力が戻ったことをご存じだったわね」

「ああ」

リカルドが表情を険しくする。

正確には、戻ったどころか以前よりずっと大きな力に育っているわけだが、それは公表されていない。騎士団にも箝口令が敷かれている。

「…………フィーガが」

「え？」

唐突にリカルドが身体を起こした。

口元を押さえ、難しい顔をしながらぽつりぽつりと語っていく。

「あなたが、あの国に囚われていた時。フィーガに調査をさせたことがある」

「！」

「あまりにも、あなたの噂が、外に聞こえてこなかったから。どうしても気になって、だな」

いつになく言い淀んでいる。

大変気まずそうだが、一体なにをそんなに気にしているのだろうか。

「世間ではこれを……その…………ストーカーと、呼ぶのだろう？」

そこまでではないと思うが、きっとフィーガにからかわれたことがあるのだろう。

彼はことさら、己の〈糸の神〉としての性質を嫌っているから、引け目を感じすぎているだけだ。

「ふふっ」

「っ、どうして笑う」

「気にしすぎよ、リカルド。つまり、あなたが見つけてくれたのでしょう？　わたしを」

イオス王国に囚われている間、なにも音信がなければルヴォイア王家が黙っているはずがない。

ラルフレットは巧妙に事実を隠していたのだと思う。

曲がりなりにもイオス王国は大国だ。間諜を入れるのは容易ではない。それなのにセレスティナの状況を正確に調べることができたのは、リカルドがフィーガを手配してくれたからこそだ。

「あなたのおかげで、わたしは助かって、あなたのおかげで、今の幸せがあるのよ。それをどうして恥じる必要があるの？」

「それは……」

リカルドの耳が真っ赤に染まる。

こほん、とわざとらしく咳払いをして、彼は話の軌道を修正することにしたらしい。

「ともかく。その時に一緒に、フィーガが突き止めたんだ。あの国で、強力な魔導兵器を設計していることをな。しかし、どう考えても多大な魔力を必要とするはずなのに、どこから魔力資源を調達するつもりなのかわからないと」

セレスティナは瞬いた。

イオス王国は東の大国だが、ナンバーワンではない。かの国が一番になれないのには、明確な理由がある。

第一降神格の不在。それだけではなく、第二降神格すらほとんど存在しない。魔石等の豊富な採取地もなく、魔力資源が足りていないのだ。

軍事技術開発には力を入れているようだが、それはあくまで魔力資源を使用しないものばかりだった。まさかここに来て方向転換とは。

「外部から魔力供給の目途が立たないと無意味な開発ね。兵器自体を輸出するつもりなのかしら。それにしたって、それほどの供給源なんて、そうそう――」

セレスティナも思考の海に沈んでいく。

突然、ガシッとリカルドに肩を掴まれてハッとした。

「リカルド？」

「――あなただ」

「え？」

セレスティナは固まった。

いや。確かに、かの国はセレスティナの魔力を搾取（さくしゅ）した。

しかし、たった二年間、それもセレスティナひとりの魔力だけで、その一大兵器とやらが動かせるはずがない。

「おそらく、あなたがあの地下室から離れても、あなた自身から魔力を引き出す技術を持っていたのではないか？」

「え？」

想像だにしなかった言葉に、セレスティナは瞬いた。

「おかしいと思っていたんだ。いくら魔力を奪われたといっても、一年以上経ってなお、あの屋敷の魔法鍵すら開けられないなんて」

「ちょっと待って？」

あまりに驚きすぎて言葉が出てこない。

「おそらく、あなたの体内に特殊な術式が埋め込まれていたんだ。そのせいで、いくらあなたが新たな魔力を生み出しても、根こそぎイオス王国に転送されていた――と考えれば、つじつまが合う」

「でも、いくらなんでもそんな」

ありえないと、セレスティナは首を横に振った。

「そんなのおかしいわ！　そもそも、いくら第一降神格といっても、わたしにそこまでの魔力はないもの。わたしなんかに、そこまで固執するメリットなんてないわ」

「あるんだ、それが」

リカルドの表情が強張った。

セレスティナを落ち着かせるように優しく抱き寄せ、背中をぽんぽんと叩く。

それは、普段、セレスティナが彼へやっている行為と同じだ。

「あなたには各魔法の適性が足りなかっただけで、莫大な魔力が眠っていた」

「そんな」

「どれだけ資質を持っていようと、放出できなければ無意味だ。だから誰も気がつかなかった。だが、あの国は気がついたんだろう」

当初は、そこまで期待していなかったはず。

しかしセレスティナを捕らえ、限界まで魔力を搾取するうちに知ってしまった。セレスティナに宿る魔力が、他の第一降神格のものとは異なることに。

「もしかしたら、一生あの国の兵力用魔力の供給源にされていた……？」

そう考えると、ゾッとする。

セレスティナに魔力が戻った時、あの国への魔力転送の魔法が断ち切れた。それがなければセレスティナの魔力は一生戻らぬまま。その力は、戦争の道具にされるところだった。

「おそらく、〈糸の神〉の加護があなたを作り変えたのだろう。〈処女神〉が俺を救ってくれたのと同じように。その――俺が」

ごにょごにょと、リカルドが言い淀む。

「あなたを、抱いたから。多分、それが、鍵になって」

かつて、〈糸の神〉は〈処女神〉を神へ引き上げた。

〈糸の神〉の加護を持つリカルドがセレスティナに並々ならぬ執着を抱いていたことを考えても、神話とふたりとの関係性は密接なのだろう。

歴史上、この二柱の加護を持つ者が現れたことはない。前例がなく、誰も知らなかったが――

「――そう。リカルドが、わたしに力をくれたのね」

あのありえないほどの魔法の威力。〈糸の神〉が持つ適性を与えられたと思えば、納得できる。人の魔力を根こそぎ持っていくなど、特殊な高等魔法だ。少し条件が変わるだけで発動しなくなってもおかしくない。だから、向こうもセレスティナの魔力を転送できなくなったというわけか。

ああ、とセレスティナは息を吐く。

全部リカルドだ。リカルドが与えてくれた。

セレスティナが欲しかったものを全部。なのに――

「俺が――」

リカルドの声が一層暗くなる。

黒曜石の瞳が赤く揺らいだ。さらに彼は髪をくしゃりとかき混ぜ、そっぽを向く。

「ねえ、リカルド」

だからセレスティナはリカルドの頬に触れた。ツゥーッとなぞっていくと、ようやく彼の視線がこちらに向けられる。

「どうしてそんなに苦しそうなの？」

リカルドが、見せたことのない顔をしていた。眉根をぎゅっと寄せて、ふるふると瞳を震わせて。

泣きそうなのに、泣けない。その姿はあまりに痛々しい。

「俺が、あなたを変えてしまった」

次の瞬間には、強く抱きしめられていた。

「よりにもよって、俺のろくでもない力を、あなたに。もしかしたら、そのせいで――あなたも、兵器みたいに」

もしかしたら、この国へ来る道中で皇帝に向かって告げた言葉を、思い出したのか。

『リカルドを兵器扱いするのは、おやめください』

多くの適性を得たことにより、セレスティナの力はリカルドに近いものとなった。

彼は、自分の力をろくでもないものだと思っている節がある。セレスティナを、そのろくでもない力で染めてしまい、未来を歪めてしまったのではと危惧しているのだろうけれど。

「リカルド」

「…………ん」

「顔を見せて」

そう言いながらぽんぽんと背中を叩くと、彼はようやく顔を上げた。

ラルフレットを威嚇していた時の面影などどこにもない。どこかやつれたような、疲れ切った顔をしている。

セレスティナは彼の前髪を掻き上げ、両方の瞳と目を合わせた。

揺らぐ赤。それが彼の感情の揺らぎかと思うと、愛しくてたまらない。

彼は〈糸の神〉ではない。リカルドという人間なのだ。

「ありがとう」

「ティナ」

「わたし、とっても嬉しいの」

ちう、と口づける。

抵抗はなかった。リカルドはじっと震える瞳でこちらを見つめたままだ。

「むしろ、あなたと出会えて、こんな風な関係になれたから、戦争の道具にならずに済んだ」

なにも知らないまま、一方的に魔力を搾取(さくしゅ)し続けられたかと思うとゾッとする。

「それに、あなたと同じになれた。そういうことでしょう？」

「……ろくでもない能力だ」

「いいえ」

もう一度キスをした。それでも足りなくて、さらにもう一度。

「ようやく、あなたと同じ場所に立てた気がするの」

きっと、これまで途方もない孤独を感じていたことだろう。

これほどの圧倒的な力、持て余すに違いない。ひとりぼっちの人生を歩んできたリカルドならなおさらだ。

「あなたが抱えているものを、ようやく分けてもらえた。そんな気がして、とても嬉しいのよ？」

「ティナ」

「もう、あなたをひとりにしなくていいもの」

それがなによりも、本当に嬉しい。

少なくともセレスティナは、一国の王女だったのだ。大きすぎる力を利用されぬように、世の中を歩いていくための素地がある。

幼い頃から積み重ねてきた努力は、無駄ではなかった。

フォルヴィオン帝国の皇帝バルトラムは、リカルドのことを理解してくれている。フィーガもそうだ。リカルドには多くの味方がいる。

それでも、彼らがリカルドに望まぬ生き方を要求する可能性はゼロではない。

特にバルトラムにとっては、リカルドの意志よりも国が大事だ。有事の際、どれだけリカルドを尊重したままでいてくれるかはわからないのだ。

そんな時、セレスティナがいれば、きっとリカルドを支えてあげられるような気がした。

やはり、セレスティナの存在意義は、ここにあったのだ。

「好きよ、リカルド」

そうしてぽんぽんと背中を叩き続けると、視界が反転した。

いつの間にかリカルドの背後に天井が見える。ソファーの上で、彼に押し倒されてしまったらしい。

「あなたはいつも、俺を甘やかす」

そうかもしれない。きっと、セレスティナは彼を甘やかすのがとびきり好きなのだ。

それで孤独なこの人が、少しでも生きやすくなってくれたらいい。

「俺だって、あなたを、甘やかして。――頼りに、されたいのに」

「頼りにしているわ」

「………………」

リカルドはむうっと口を尖らせる。

きっと納得できていないのだろう。そんな子供らしい仕草も、とびきり愛しい。

かと思えば、ガバッと上半身を押し倒し、セレスティナの胸に顔を埋めてきた。

「あの国には――あの男には、渡さない」

「ええ」

「視界にすら入れたくないのに。はぁ……まだ、あと九日もあるのか」

深々とため息をつきながら、彼の手がセレスティナの身体を滑っていく。衣装越しに胸元にキスを落としながら、悪戯な手がドレスの裾を捲り上げていった。

「あっ、ん、リカルド」

「ティナ。その――」

少しだけ、言いづらそうに主張してくる。

甘やかしたいと言いながら、やはりこの人は甘えたがりだ。

(今日はずっと、我慢していたものね)

セレスティナを大勢の人の前に晒して、あんなに見世物になって、さらにラルフレットの横槍まで入った。今までのリカルドなら、とっくに爆発していただろうに。

「明日から会議は本番なんだからね？　足腰立たなくなるのは嫌よ？」

「わかってる。少し。少しだけ――」

などと言いながらも、結局たっぷりと愛されることとなる。

リカルドと相手の力の差は圧倒的。結婚証明書も焼失した。セレスティナはリカルドの妻であることも周知できた。

やれることはやったはず。そのような意識があったから、安心しきっていたのだろう。

セレスティナは甘かったのだ。

まだ、己の中にラルフレットの仕掛けた罠が残っていたことに気がつきもしなかった。


思いのほか、国際会議は順調に過ぎていった。

それもそのはず。イオス王国の使節団の中から、ラルフレットが姿を消したのだ。どうやらこれ以上問題を起こさぬようにと、謹慎させられたようだ。

結婚証明書の焼失以後、向こうがセレスティナを重婚だと責めてくることはなく、逆に怖いくらいだった。

だが会期六日目、危惧していたことが起こった。

朝、セレスティナはどうにか目を覚ましたものの、身体があまりに重く、動けるような状態ではなかった。

（ううう、よりにもよって、今日？）

以前と比べて、調子のいい日は格段に増えてきている。それでも、大きな舞台での緊張もあったのだろう。この日はすっかり熱まで出てしまい、ベッドから出られそうになかった。

（倒れるにしても、せめて、今日だけは避けたかった）

悔やんでも悔やみきれない。

今日という日を楽しみにしすぎて、余計に身体に負担をかけてしまったのかもしれない。まるで子供みたいだ、と頭を抱えつつ、セレスティナはベッド脇から動こうともしない人に目を向けた。

当然ながら、リカルドである。

この日の彼は騎士服の中でも、戦闘用の特殊素材のものに身を包み、いつも以上にキリリと引き締まって見える。

うっかりときめきそうだが、その表情は頼りない。どうにかこうにか宥めすかして外出の支度はしてもらったけれど、妻のことが気になって仕方がないのだろう。

今にも泣き出しそうな目をしながら、セレスティナの左手を握りしめている。

「リカルドったら。大丈夫だって言っているでしょう？　一日寝ていたら、きっとよくなるわ」

「しかし……」

なぜかリカルドのほうが憔悴しきっている。しかし、いつものことだ。

ここ最近でも幾度かは、不調で起き上がれない日があった。そういった日は、リカルドも仕事を放棄して、セレスティナにつきっきりになっていたのだ。

上手に付き合っていかないといけない体質だし、どうせ一日休んでいたら治る。だから彼にも慣れてもらいたいのだが、まだまだ難しいらしい。

その上、今はいつもの屋敷ではない。

先日のラルフレットの接触もあって、リカルドも余計に神経質になっているのだろう。

今日のような原因不明の体調不良がイオス王国の手によるものだったら？　と、悪い想像ばかりしてしまう。とはいえ、確たる証拠もないため、今は様子を見ることしかできない。

（でも……）

セレスティナは息を吐いた。

確かに、いつもと違う不安が渦巻いている。

このところ、体調の悪い日はいつもそうだ。魔力がかき混ぜられているような感覚があるけれども、それをうまく表現できない。

できればセレスティナも、リカルドにそばにいてほしい。

けれど、この日のリカルドがこんな場所に閉じこもっていてはいけないことも理解していた。

「リカルド、いつもと同じよ。わたしはこの部屋で良い子にして休んでいるから、あなたはお仕事に行かないと」

この六日目は、リカルドが主役とも言える行事がある。

戦闘系の加護を授かった各国の第一降神格による試合が執り行われるのだ。

その国の国力を指し示すと言われる第一降神格のお披露目(ひろめ)である。

これにより各国は互いの実力を把握し、牽制し合う。世界のバランスを保つために、必要な儀式なのだ。

同時に、この神聖な地ルヴォイア王国で戦うことは、神への奉納試合ともされている。

今回は満を持して、〈糸の神〉ジグレルの加護を授かったリカルドに白羽の矢が立ったというわけである。

しかも、例外中の例外で、一対三で戦うのだとか。

過去に類を見ないお祭りに、各国の代表者も興味津々らしい。というより、これを見るためにか、各国使節団の人数が例年より多い。

「リカルド、約束したわよね。わたしが外に出る時は、あなたと一緒か、あなたのもとへ向かう時だけ」

外出するようになって、最初に結んだ約束だ。

これまでセレスティナは、ただの一度も破ったことはない。

「本当はあなたの試合を見たいけど、それは次の五年後まで我慢する。ちゃんとここで待っているから、あなたは戦ってきて」

五年後、という言葉にリカルドはピクリと反応した。

これからもずっと一緒。その気持ちを持ち続けているのだと、どんな時だって伝えたい。未来の約束はいつも、安心を与えてくれる。

「……っ」

リカルドの瞳が「嫌だ」と言っている。

唇を噛みしめ、ぎゅっと目を閉じ、彼は天井を仰いだ。

長い葛藤の末、彼は答えを導き出す。

「――わかった」


リカルドが出ていってから、部屋は恐ろしいほど静かだった。

きっと今頃、招待客たちもこぞって闘技場に詰めかけているのだろう。

(リカルドはもう、戦っているのかしら)

正直なところ、セレスティナはモヤモヤした気持ちでいた。

普段、訓練の見学に行くことはあれど、彼の本気はまだ見たことがない。同じ騎士仲間程度では
リカルドの好敵手にはなりえないからだ。

しかし、今日の相手は第一降神格ばかり。今まで知らなかった彼の本気を見られるのではと、少
なからず期待をしていた。

相手を独占したいのはリカルドだけではない。セレスティナもだ。

どうして他の招待客ばかりが彼の雄姿を見られて、自分はこんなところでお留守番なのだろう。

自分の知らないリカルドを、他の皆が知ることになるのは悔しい。

(この身体の弱さ、どうにかならないものかしら……)

よりにもよって、今日、体調を崩さないでもいいではないかとセレスティナは思う。

（ああ、駄目駄目。静かだと、色々考えちゃうわよね。寝ましょう。寝て——きっと起きたら、リカルドも戻ってきているはずよ）

今回の旅に同行してくれたミアも、あまりに静かすぎる環境にどこか落ち着かない様子だけれど、ちゃんとそこにいてくれている。

外には護衛の兵もいるはずだ。ひとりではない。寂しくない。

でもどこか湧き出る不安のようなものがある。

そしてこの日ばかりは、その不安がどんどん大きく膨らんでいるのだ。

リカルドと居る時には絶対感じない、この不安。どうしても落ち着かなくて頭から布団を被っても、胸の奥から不安を追い出せない。

（なぜかしら。いつもと環境が違うから？）

——その時。

ふと、甘い香りがした。深い夜を思わせる、ムスクのような香りだ。

一体なに？　と身体を起こそうとした、次の瞬間。ミアの叫び声が聞こえた。

「セレスティナ様！　——きゃっ！」

それはあまりにも静かな侵入だった。外には警備兵がいたはずだし、ドアが開いた音もしなかった。ミア以外の人間が、この部屋にいるはずがない。なのにドアはしっかり開けられて、いつしかミアが倒れて——いや、眠っているのか。

一体なにが、と思った時にはもう遅かった。視界に霞がかかったように、なにも映らなくなる。

（これは、加護……？）

ありえない。この部屋には結界が――と思いながらも、意識が薄れていく。

「リカ、ルド……」

愛しい人の名前を呼びながら、セレスティナの視界は暗転した。

地面が揺れている。

深い泉の底に沈んだような感覚。身体が重くて、ただ意識だけがふわふわと漂っている。

「――ないか！　急げ！」

「――では――、――しても――？」

「――さい！　――しろ！」

男の人たちが、なにか言い争いをしている。

それが耳に届いた瞬間、セレスティナの意識は一気に浮上した。

血が凍るような感覚。これは。この声は。

「お前、もっと速くならないのか！　こんなスピードではすぐに見つかるではないか！」

「仕方がないではありませんか。今、かの方から吸収できる魔力量には限界がある。先ほどの加護を発動するのに、かなりの魔力を消耗してしまいましたしネ」

どこか訛りのある不思議な響きを持つ声も、聞き覚えがあるような気がする。

けれど、それよりも、だ。もうひとり、耳に刺さるようなトゲトゲした怒声。この声を、セレスティナはよく知っている。

嫌悪感で、身体の芯から震えが湧き起こるような。これは——と思い、重たい瞼を持ち上げる。

「魔力なら、今すぐにでも搾り取ればいいではないか。ちょうど、目が覚めたみたいだしな」

「……………ラルフレット・アム・イオス」

「っ、不遜な呼び方をするな。可愛がってやった恩も忘れて」

華やかな金髪に透き通るような碧い瞳。やはり、この人は諦めてはいなかった。セレスティナに対し、怒りを隠そうともせず睨みつけてくる男。それは、かつての夫であった。

どうやら今は、荷馬車に乗せられているらしい。特殊な魔法がかけられているのだろう、相当なスピードで走っていることは間違いない。

その荷台の隅に、セレスティナは手足を拘束されたまま転がされていた。

(この感覚は、魔封じね)

かつて、イオス城の地下に囚われていた時と同じだ。体内を巡っていたはずの魔力が、まったく反応しない。感覚が遮断され、背中に冷たい汗が流れた。

少なくとも、この状況がとんでもなく危険なものであることは理解できた。

外からわからぬように、旅の荷馬車のように見せているのだろう。内装も一見粗末だが、ラルフレットが過ごすための椅子だけはしっかり用意されている。

彼はそこに陣取って、真っ直ぐセレスティナを見下ろしていた。

底が見えない、ギラギラした欲を孕んだ瞳に、セレスティナの身体はビクッと震える。

（大丈夫。大丈夫よ、落ち着きなさい。ここは、あの地下牢じゃない）

奥歯は噛み合わない。それでも、怯える姿を見せたくなかった。

昔のセレスティナとは違う。大丈夫。リカルドならすぐ気がついて、きっと助けに来てくれる。

そう信じて、今は時間を稼がないといけない。

揺れる荷台の上でどうにか上半身を起こし、セレスティナは彼を睨みつける。

なんとか呼吸が整い、周囲を見渡す余裕が出てきた。そこでようやく、ラルフレットの隣に長い黒髪をおさげに垂らした長身の男が立っていることに気がついた。

揺れる荷馬車の中、一切バランスを崩すことなく、涼やかな瞳でこちらを見下ろしている。

瞳の色は深い紫。濃い紫のエキゾチックな魔導衣を纏い、夜の色彩を宿した彼を見た瞬間、セレスティナは息を呑んだ。

「ユァン・ラスカ・エン・レトゥ様……？」

なぜ彼が、とセレスティナは驚きで目を見開き、ふたりの顔に視線を行き来させる。

もし、イオス王国に協力者がいるとすれば、東の国々のどこかだろうと思っていた。それが遠く離れたヨルェン国の第一降神格だなんて。

その二国家に繋がりがあるなど、考えもしなかった。まさか、今回の誘拐劇に他国の第一降神格が関わってくるとは。

（そうか、ユァン様の加護は〈夜の神〉――）

あの深くて甘い香り。それがユァンのものだと考えれば合点がいく。

夜に特化した加護を授かっているのだ。結界の中でも加護が使えた理屈はわからないものの、人を眠らせる術ならお手のものだろう。

「それにしてもすごいですネ、アナタの魔力は。ワタシとも相性がいいみたいで」

ピンッ、とユァンが魔石を弾く。コイン程度の比較的小さなサイズだが、そこにはたっぷりと魔力が詰まっていた。

「ワタシも嬉しい誤算でしたよ。結界内で加護が使い放題になるとは」

ゾッとした。その魔石に込められているのはきっと、イオス王国に奪われたセレスティナの魔力だ。

あの結界内では、基本的にルヴォイアの人間の魔力しか働かない。だが、セレスティナの魔力を間借りすることで自由に加護を行使できたということだ。

セレスティナの表情が凍りついたことを見逃さず、ラルフレットが口の端を上げた。そうしてセレスティナの前までやってきて、膝をつく。

「ようやくお前を手に入れた」

視線が合うのも嫌だ。セレスティナはどうにか顔を横に向けるが、ぐいっと顎を掴まれて、強制的に前を向かされる。

「……っ、痛い。離して」

「私はお前の夫だぞ。言葉遣いに気をつけろ」

「結婚証明書はとっくに破棄されたわ！　もう、赤の他人よ！」

キッと眉を吊り上げ、主張する。

怖くはない。彼はただ喚き、自分を大きく見せて、人を威嚇するしかできない人だ。

そんな人を恐れる必要はない。

「わたしの旦那様はリカルドだけ。どこへ連れていっても同じよ。あの人は必ずわたしを見つけて、助けてくれる」

かつて、イオス王国から助けてくれたのと同じように。

誰にも知られずにひっそりと朽ちていくはずだったセレスティナを、彼は見つけてくれた。

だから今回も、きっと大丈夫だ。

「あなたなんかに頭を下げると思ったら大間違いよ」

「この……！　少し綺麗になったからって生意気な！」

ばんっ！　と大きく突き倒され、背中を打ちつけた。

突然の痛みに一瞬息ができなくなる。

だが、セレスティナは折れなかった。転がされたまま、じっとラルフレットのことを睨み続けた。

その気迫に気圧されたのか、ラルフレットがぎゅっと唇を引き結ぶ。ふるふると、拳を小刻みに震わせながらこちらを見下ろし、ふと、口の端を上げた。

「まあいい。生意気な女を黙らせるのもまた一興か」

瞳の奥に宿る欲。それを正確に感じ取り、セレスティナは総毛立った。

再会してから何度か見せてくる、この瞳。なにが彼の琴線に触れたのかわからないが、今のセレスティナは彼の欲望を煽るに足る存在になっているらしい。

背筋に冷たい汗が流れる。己で己を抱きしめたくなるが、腕を縛られてはそれもままならない。なんとか身体を捩り、じりじりと後ろへ下がる。

「私のものとなったら、あの男も諦めるだろう」

ゾッとした。彼は断定するように言うけれど、セレスティナはただただ恐ろしくて息を呑む。

駄目だ。それだけは絶対に。

ラルフレットはわかっていない。

そんなことになったら、リカルドがただで済ませるはずがないのだ。

セレスティナでさえ、きっと止めることはできない。リカルドが暴走することへの恐怖に身震いし、セレスティナは首を横に振る。

「駄目っ！　やめて!!」

初めて露わにした恐怖の表情を前に、ラルフレットは嗜虐心が満たされたのか、愉悦の表情を浮かべた。前のめりになって、セレスティナに触れようとしてくる。

だが、違うのだ。

下手をするとラルフレットひとりだけでなく、彼の国、ひいては国民まで危険に晒される。

絶対に駄目だ。なにがなんでも、セレスティナは自分の身を守らなくてはならない。

「駄目よ！　リカルドが――」

「あの男の名を呼べば呼ぶほど、こちらは興奮するだけだ！」

「っ、この変態！　あなたのために言っているのよ！」

ラルフレットの手を、必死に拒否する。バタバタと両足を暴れさせていると、見事にラルフレットの腹部に直撃した。

ぐえっ！　とカエルが潰れたような声が漏れるが、それがますます彼の執念に火を点けたらしい。

「この女。少し痛い目を見たいようだな」

そう言ってラルフレットは、後ろで静かにこちらを見ていたユァンに手を差し出す。

「その気になるのが遅いですよ、王子様。もたもたしていたらヤツが追ってきます」

苛立ったようにそう吐き出し、ユァンは荷箱の中からなにやら大きな金属の塊を取り出した。

持ち手の先に、手の平ほどもある平らな金属がはめられている。そこには、なにかの紋様が描かれている。

まるで大きな印章のようだ。それをなぞるうちに機嫌が直ってきたのか、ユァンは恍惚とした表情を浮かべる。

一体なんだろうとセレスティナは目を凝らし、ハッとした。なんと、ユァンが目の前で魔法で火を熾し、その金属の先を焼きはじめたのである。

「多少痛むと思いますが、我慢してくださいネ？　ワタシ、適性の範囲がどうも狭くて。これ以上荷馬車のスピードを上げるのは、自分の力だけでは難しいのですよ。――だからアナタの力を直接貸していただいても、別に構いませんよネ？　どうせ後で根こそぎもらうワケだし」

温度が上がってきたのか、金属の先がみるみる変色していく。鋼の色から黒ずみ、やがて赤へ。

なにをしようとしているのか、否が応でも思い知らされた。

「以前はアナタのお腹の中に魔法陣を刻んでいたのに、なぜか効果が薄くなっちゃったでしょう？」

お腹の中、と言われてセレスティナはハッとする。

「あなただったのね。わたしからずっと、魔力を奪い続けていたのは」

「ふふ、ずっと繋がっていたことにも気づかずに、のうのうと過ごしていただなんて、平和な脳みそですネ？　アナタも、〈糸の神〉の第一降神格も」

そう言って楽しげに目を細めるのも束の間、すぐに彼は真顔になる。

「どうもアナタの魔力の性質が変質したようで。前の魔法陣では対応しきれなくなったんですよ」

だから、と、ユァンは低い声で宣言した。

「今度はどうやっても消せないように、物理的に印をつけさせてもらおうと思いまして」

「ああ、この白い肌だ。どこに刻んでも映えるだろう」

「おや、王子様ったらそんな趣味が。でも、確かに似合いそうですものネ、清楚なこの方に焼き印って」

ふたりして嗜虐趣味があるのか、楽しそうに呟いている。

いよいよ用意が整ったのか、ユァンがこちらに一歩、また一歩と近づいてきた。

ゾワゾワとした恐怖がこみ上げてきて、息を呑む。必死で抵抗するも、それがなおラルフレットを逆上させた。

「暴れるな！　手元が狂うぞ」

ラルフレットはそう言いながら、懐からナイフを取り出した。わざとセレスティナに見えるようにそれをかざし、正面からネグリジェを切り裂いていく。

ビリビリビリと、無残に布が裂かれる音が響き渡り、いよいよセレスティナの白い肌が露わになった。

「……………オヤマア、すごい愛されっぷりですね」

その胸元に赤い華が無数に散っているのに気がついたらしく、ユァンが感嘆の声を上げる。一方のラルフレットは不機嫌そうに眉間に皺を寄せた。

「貸せ」

ナイフを投げ捨てた代わりに、ユァンに向かって手を差し出す。ユァンも心得たとばかりに、焼き印をラルフレットに渡した。

「どこにつけるんです?」

「そんなもの、最も目立つ場所に決まっているだろう?」

愉悦に表情を歪ませて、ラルフレットは焼き印をかざした。

いよいよまずいと、どうにか身体を捩ろうとするが、ふたりがかりで取り押さえられてしまうとそれもままならない。

「やめて!!」

焼き印が容赦なく近づいてくる。

直接肌に触れたわけでもないのに、近づいてくる熱に肌がピリピリと痛んだ。

ついに覚悟して、目を閉じたその瞬間――

ザンッ！ と、鈍い音とともに、荷馬車が大きく揺れた。かと思えば、目の前にいたはずの男たちが、一瞬で消える。

瞳の端に映る黒。突然乱入してきた誰かの長い足がラルフレットたちを蹴り飛ばしたのだと瞬時に理解した。

「貴様――本当に殺されたいようだな」

あまりに低い、腹の底から響き渡るような声に、セレスティナは顔を上げた。

背を向けていても、ひと目でわかる。鮮やかな赤髪を揺らし、ラルフレットに相対する男性。

――リカルド。

あまりに震えすぎて、その呼びかけが声になったのかわからない。

ただ、ラルフレットが荷台の壁にめり込む音と、カランカランと焼き印が転がる音が聞こえてきた。

空が見えた。荷馬車はまるで大きな刃物で断ち切ったかのように、真っ二つに裂かれている。

荷台の底が地面に落ち、切断された車輪はカラカラとその場で空回りをしている。

ハーネスを切られたのか、馬が一目散に逃げていく。

外は薄暗かった。雲間から光が差し込み、それがリカルドの赤い髪を照らす。

まるで絵画のように美しいその後ろ姿に、セレスティナはうっとりと見惚れてしまった。

「――ティナ」

名前を呼ばれても、ただただ呆けるだけ。

頭は動かない。ただ、大好きな人が助けに来てくれて、それが震えるほどに格好よくて、身体の芯まで全部リカルドでいっぱいになったような心地だった。

手を差しのべられて、セレスティナは身体を起こそうとする。

だが、彼はすぐに横からの殺気に反応して身体を反転させた。

紫の魔導衣を着た男――ユァンだ。一度リカルドに吹き飛ばされたらしい彼が、体勢を整えてこちらに向かってきていたのだ。

ぶわりと視界が遮られた。

霧かなにかの魔法のようだが、リカルドにそのような小細工は通じない。風を召喚し、あっという間に吹き飛ばす。微かに残った甘い香りで、ユァンが再びこちらを眠りに誘おうとしていたことを知った。

あっという間にその姿を晒すことになったユァンは、さすがにマズイと思ったのか懐から魔石を取り出す。

先ほどの、セレスティナの魔力が込められたものだ。それを使用し、再び魔法を発動させようとするも、リカルドのほうが早かった。

「――その魔石は、ティナのものだ」

パンッ！　と相手の手首を蹴り上げ、弾かれた魔石をキャッチする。そのまま宙で一転。くるりと体勢を入れ替えるかと思いきや、そのままの勢いでユァンの身体を蹴り飛ばす。

ユァンはなにひとつできず、ただただ荷馬車の外へ吹き飛ばされた。

遠くの地面が一気に隆起し、岩壁となったそこにぶち当たる。

さらにリカルドが軽く手を上げると、地面からいくつもの岩が浮き上がる。それらが鋼鉄のように強化され、すでに意識を失っていたユァンを追撃した。

釘を打つかのように岩がユァンの服を貫通し、岩壁に彼を磔にする。

「ティナの前だ。命拾いしたことに感謝するんだな」

リカルドは冷たく言い放ち、今度はラルフレットを一瞥する。しかしすぐに興味を失ったのか、次の瞬間にはセレスティナに向き直り、目の前で膝を折った。

「ティナ」

彼の声は暗い。

プツン、プツン、と手足を縛っていた縄を断ち切り、次に魔封じの腕輪に手をかける。いとも簡単にそれを粉砕したが、彼の表情は沈んだままだった。

静かに腕を伸ばし、強く、強く抱きしめてくれる。

リカルドの身体は震えていた。

いつもセレスティナは、彼を震えさせてばかりだ。宥めるように彼のことを抱きしめ返すが、後からセレスティナ自身にも震えがやってきた。

互いの存在を確かめ合うように抱き合っていると、リカルドの背後から音が聞こえた。

ギシ、ギシ、と壊れた床を踏みしめる足音。なにか重いものを拾う、ゴトリという音。

ゆらりと身体を揺らしながら、誰かがこちらに近づいてくる。

「このぉ！　死ねえ!!」

大きく腕を振り上げ、全力でそのなにかを振り下ろす。

ラルフレットだ。満身創痍ながら、先ほど転がっていた焼き印を武器に報復しようとしたらしい。

「邪魔だ。黙れ」

パンッ！　となにかに弾き飛ばされて、ラルフレットはのけ反った。

リカルドの結界だ。

ラルフレットはその場に崩れ落ちたまま身動きも取れず、恐怖で顔を引きつらせている。

「ティナ」

リカルドの意識はすぐにこちらに戻った。呼びかけに応えるように顔を上げると、すぐに彼のキスが降ってくる。

カラカラに乾いた唇。かさついた肌が引っかかり、少しだけ痛い。

でも、今はどうでもいい。早く彼の熱が欲しくて、セレスティナも必死で彼を求めた。

何度も何度も唇を重ねながら、それはどんどん深くなっていく。

「迎えに来るのが遅くなった」

「ううん。――来てくれるって、信じてたわ」

「ん」

名残惜しそうにキスをするが、彼の心は晴れない様子だ。ナイフでビリビリに引き裂かれたネグリジェ、そして剥き出しになったセレスティナの肌を見て、目を細める。

苦しそうに唇を噛む姿が痛々しくて、セレスティナはそっと細い指で彼の唇をなぞった。

「平気よ。なにもされてないわ」

「平気なはずがないだろう」

リカルドは己のコートをさっと脱ぎ、セレスティナをぐるぐる巻きにする。

これでは彼を抱きしめ返せないと苦笑し、セレスティナは改めて袖を通し直した。

「ふふ、リカルドの匂いがする」

そう言って笑ったところで、ようやくリカルドの表情が緩んだ。まさか匂いを嗅がれるとは思っていなかったようで、どう反応していいのかわからないらしい。

「これで安心ね。助けに来てくれてありがとう、リカルド」

今日は朝から、なぜかずっと胸騒ぎがしていた。でも、リカルドがそばにいてくれるだけで、不安はどこかへ消えてしまう。

セレスティナのほうから彼にキスを贈ると、リカルドは相変わらず言葉を詰まらせていた。

それからようやく、いや、と溢した。

「やはり、あんな茶番には出なければよかった。あなたがこんな目に遭っていることにも気づかず、俺は――」

リカルドは納得できていないとばかりに後悔を語る。

だが、仕方がないことだ。彼を送り出したのはセレスティナだし、まさかラルフレットとユァンが繋がっていて、さらに加護を自在に使える状態だったなんて想像だにしなかった。

「大丈夫よ。大丈夫――」

彼を安心させるように何度もぽんぽんと背中を叩く。

その時、背後にいたラルフレットがまたもゆらりと立ち上がった。目を真っ赤にして、もう一度転がった焼き印に手を伸ばす。

「私を、無視するな……!!」

激昂したように、リカルドの背中に向かって焼き印を振り下ろす。

しかし、リカルドが結界を広げるよりも先に、セレスティナが手を前にかざした。

瞬間、手の平から爆風が放たれ、ラルフレットの身体を吹き飛ばす。同時に彼が持っていた焼き印が手から離れ、遅れて彼に向けて吹き飛んだ。それが彼の頬をかすめたらしい。

「あっちぃ……っ!!」

壁に背中を打ちつけた痛みと、金属の棒が当たった痛み。さらに遅れて、熱した金属に頬が焼かれた痛みに、床に転がってはのたうち回る。

ある程度、熱は冷めているはずだが、それでもくっきりと痕が残るくらいには皮膚を焼いたのだろう。

だが謝るつもりはない。あの男は、それをセレスティナに焼きつけようとしていたのだから。

「つだ、い！　だい！　お前！　なにを！　私が誰かわかっているのか!?」

どうにか身体を起こして主張しているが、そんなこと、わかっていて当然だ。

セレスティナから二年という時間と魔力を根こそぎ奪った男。離れてもなお、こちらの魔力を奪い続け、所有物扱いし、さらに兵器利用までしようとした男を捨て置けるわけがない。

セレスティナはリカルドの腕からすり抜け、一歩、二歩と彼の前へ近づいていく。

そして右手を振りかぶり、全力で振り下ろした。

パァン！　という高い音が、崩れた荷馬車の中に鳴り響く。

「……………な」

ラルフレットは、なにが起こったのかわかっていないようだった。

リカルドすら同じ。ぽかんと口を開けたまま、セレスティナのことを見ていた。

呆けたような顔が愛らしい。リカルドのほうを振り返り、ぺろっと舌を出してみせてから、ラルフレットに向き直る。

「どんなにわたしを欲しようと、あなたのもとへは行かないわ！　わたしは、リカルドの妻だもの！　あなたのものにはならないし、兵器にもならない！　この力も利用させない！　そんな馬鹿げたことをしようものなら――」

もう一度手を振り上げる。

それだけで、ラルフレットはヒイッ！　と声を上げ、身を縮こまらせた。

こんなに、こんなにも小さな男に振り回されていたとは、怒りを通り越して呆れてしまう。

振り上げた手を下ろそうとしたところで、横にリカルドが歩いてきた。そして、床に転がった焼き印に描かれた魔法陣に目を向ける。

「なるほど。これで――」

彼はなにかを考えているようだった。

押し黙ったまま数秒。結論が出たらしく、ラルフレットに向き直る。

「受け皿はどこだ」

「は？」

「この魔法陣から転送された魔力を受けとめる器があるだろう？　今すぐ吐け。それを吐いたら、命だけは――」

助けてやろう。

そう続くはずが、リカルドはピタッと止まる。

「いや、ないな。俺のティナに触れたんだ。その身体を引きちぎり、カラスの餌にしてもまだ足りん。どうせ殺すが冥土の土産に聞いてやる。吐け」

「ヒイイイ!?　命だけは助けてください！　吐きます！　吐きますから!!」

リカルドから放たれる殺気に本気を感じたのだろう。ラルフレットは膝を折りながら、必死で懇願する。

どうしてこんな人に囚われていたのか。

イオス王国から出ても、ずっと、ずっと。

(――もう、暗い場所に閉じ込められても、なにも怖くない)

暗がりはリカルドとの思い出の場所に塗り替えられた。ラルフレットの幻影に追われる日々はもう終わりだ。

今のリカルドがそんなことをするとも思えないけれど。

「――――――、だからっ、イオス城の、地下に……っ!!」

命乞いをしながら、ラルフレットは必死で訴えかけている。

その間、リカルドは静かに話を聞きながらも、拾った焼き印に再び熱を込めていた。そんなことには気がつかず、ラルフレットはペラペラと、きっと国家機密であろうことを漏らし続ける。

「こ、これでいいだろう!? 私を、助けて――」

「ああ、充分だ」

リカルドはピクリとも笑わず、熱を込めていた焼き印をかざした。

「どこがいいかな」

「へ?」

「顔――は、こんな厄介な魔法陣、他人の目に晒すと逆に面倒か。チッ」

「あ、あの1……リカルド、さん?」

敬称がついている。

「ならばここだな」

「あああああ、あの? り、リカルド、様……? ちょっと、落ち着きま、せんか?」

びくびくと震えるラルフレットに向かって、リカルドはツイッと指を振った。それだけで、彼の身を包んでいた服がビリビリに引き裂かれる。

女性が直視するにははしたないものまでバッチリ見えてしまい、セレスティナは頬を押さえてそっぽを向いた。

「ここなら、みっともなくて、誰かに晒す気もなくなるだろう？」

「へ、え？　あ？　えっ？」

「貴様がセレスティナにやろうとしていたことを返すだけだ。こんなことで命が助かるなら、安いものだろう？」

そう言い切るや否や、リカルドは焼き印をラルフレットに押しつけた。

どこに押しつけたのかは見ていない。知らなかったことにしておこう。

じゅううう、と肉が焼ける音と臭いを覚悟したが、それが届く前に、セレスティナの周囲に小型の結界が張られていた。

おそらく、リカルドのものだ。

彼はどこまでも、セレスティナを守ろうとしているらしい。

エピローグ　あなたにだから囚われたい

あとから考えると、あの焼き印はリカルドの優しさだったのかもしれない。

ラルフレットは、セレスティナが初めて故意に攻撃した相手だから。

彼に魔法を叩きつけた時、焼き印が頬をかすめたのは偶然だった。だが、どんな形であれ誰かを傷つけたという事実はセレスティナの中で燻り続けている。

それを見越して、リカルドは目の前でもっとひどい報復をしてくれたのだと思う。

(リカルドのことだから「あの男の記憶が残り続けるのが嫌だから」とか言いそうだけど……)

おおいにありえる。

実際にラルフレットのことを思い出しそうになっても、今や脳裏に焼き付いているのは悪い顔をして焼き印を押そうとするリカルドのことばかりなのだから。

記憶まるごと、すっかりリカルドに塗りつぶされている。

けれど、そんな彼の優しさに救われたのは事実だ。

――あのあと、ラルフレットとユァンは、国際裁判にかけられることとなった。

ラルフレットはもちろん、セレスティナを誘拐しようとした罪で。それから、以前セレスティナを幽閉し、別の者を妃として迎えようとした事実。さらに魔力を搾り取ろうとしたことまで詳らかになったからだ。

ユァンも同じく、セレスティナを誘拐した他、セレスティナの魔力を利用して神聖な国際会議の場を乱したこと。それ以外にも、イオス王国を利用して、他人の魔力を永久に搾取(さくしゅ)し続ける邪法を開発したことを咎(とが)められることとなった。

悪事の証拠はいくらでも出た。

かつてセレスティナが閉じ込められていた地下牢。さらに、彼女の魔力を溜め込む器――すなわち、特殊な魔導兵器が開発されていた研究施設が白日(はくじつ)の下(もと)に晒(さら)されたからである。

国際会議が終わった数日後、なんとイオス城は何者かの手によって完全に崩壊――いや、粉砕された。瓦礫(がれき)もすべて吹き飛ばされ、地下施設だけが剥(む)き出しの状態で発見された。

それはイオス王国に調査機関が入る前日のことだった。イオス王国側は隠蔽(いんぺい)作業に勤(いそ)しんでいたようだけれども、それらの努力はすべて水泡に帰したのだ。

かの国の倫理を無視した非道な行いは暴かれ、ラルフレットやユァンだけではなく、イオス王国自体が各国に責められ、裁判にかけられている状態なのである。

ただ、他人の魔力を搾取(さくしゅ)する魔法陣とやらは、その研究資料も含めて全て消失していたのだとか。

たったひとつ、供給側の魔法陣を除いて。

その魔法陣は、ラルフレットの身体の表面に刻まれているらしいが、彼がそれを見せることをひどく拒んだ。まあ、平らでない場所を中心にはみ出すように刻まれているというから、結局、完全な形で確認することは不可能だそうだが。

結局、イオス城を完膚なきまでに破壊し尽くした者が誰なのかは、わかっていない。

どう考えてもひとりの人間がやったとは思えないほど大規模な襲撃。しかし、その攻撃を行った者に繋がる証拠はなにひとつ残っていなかったという。

（――残っていないのなら、しょうがないわよね）

国際会議から戻ってきて数カ月。

セレスティナは相変わらず丘の上の屋敷で毎日のんびり過ごしていた。

戻ってきてからしばらく、リカルドの執着はかつてのように激しかった。

だが、それも仕方がないと思う。

セレスティナは誘拐され、他の男に触れられたわけだし、その後も事件のせいで国際会議の日程は大幅な変更を余儀なくされた。渦中にあったセレスティナとリカルドは常に人に囲まれ、ふたりきりになれる時間がほとんどなかったのだ。

セレスティナはまだそういった状況に慣れているものの、リカルドはそうではない。

事件の詳細を調べるためにセレスティナが根掘り葉掘り話を聞かれるたびに、番犬よろしく威嚇して回っていたのだ。

その時も彼は、周囲に手だけは出さないように、必死に己を戒めていた。だから余計に、帰ってきてからの爆発がすごかった。

彼は一カ月の休暇をもぎ取り、文字通りひたすらセレスティナにくっつき続けたのである。

大変ではあったけれども、休暇を取るという概念がリカルドに生まれたことに感動して、受け入れてしまったセレスティナもセレスティナだ。

身体はヒンヒン言っていたし、足腰も立たなかったけれど、以前のような原因不明の体調不良には見舞われなかった。だからセレスティナも、すっかり受け入れてしまったわけだ。

結局のところセレスティナはリカルドに甘い。そこまで求められることが、とても嬉しい。

まあ、そのあとしっかり数日寝込むことになり——当のリカルドはと言うと、その間屋敷から姿を消していたわけだが。

眠らされていただけで無事だったミアも、その数日間、リカルドの姿は見なかったと言っている。

(あの時は、イオス王国に調査機関が入る時期だったはずだけれど)

丁度その前日にイオス城が破壊されてしまい、結果的に悪事の証拠が調査し放題だったと聞く。

(……まあ、世の中には、知らないほうがいいこともあるわね)

セレスティナはそう結論づけて、ふっと微笑(ほほえ)む。

「——ティナ」

にゅっと横から手が伸びてくる。

「そんなに可愛い顔をして、なにを考えているんだ？」

夜、リカルドが仕事から帰ってきて、晩餐(ばんさん)を終えたらふたりの時間だ。

以前のことを思い返してぼんやりしていたところを、すっかり見抜かれたらしい。

「あなたのことよ」

事実そうなのだから、誤魔化(ごまか)しようがない。

いや、まあ、例のイオス城を吹き飛ばした誰かさんの正体は不明だけれども、それは横に置いておいて。

「結局、あなたの奉納試合を見られなかったなって」

「それは——」

実は残念に思っていたのだ。

助けに来てくれた時のリカルドは、それはもう格好よかった。

けれども、彼の戦っているところは——そう、もっと綺麗なかたちで記憶に留めておきたい。

国内で、リカルドとやり合える人は存在しない。奉納試合で三対一くらいでやらなければ、彼の本当の雄姿は見られないだろう。だから、あの奉納試合は千載一遇のチャンスだったはずなのに。

(好きな人の戦っている姿を見たいって、わたし、ちょっとおかしいのかしら……？)

普通だったら心配しそうなものだけれども、その感覚があまりないのだ。

(でも多分、それが、リカルドの本能の一部だから)

〈糸の神〉の加護のせいなのだろう。

戦闘時にしか見られない、リカルドの姿がある。

それがあまりに美しくて、いまだに忘れられない。赤い髪が揺れる、あの後ろ姿が。

「む……」

なんて、リカルドのことを思い出しているのに、なぜそのリカルド本人が不機嫌になっているのだろう。口を尖らせて、抗議の意を示してくる。

「どうして怒っているの？」

「怒っているわけではなく――」

「？」

一体なんなのだろう。

セレスティナが小首を傾げると、リカルドはばつが悪そうに目を背ける。

「あなたは、戦っている時の俺が、好きだろう？」

それはもちろん好きに決まっている。というよりも、今はリカルドが「セレスティナが自分のことを好きだ」と認識している事実を、はっきり口にしてくれたことが感慨深い。

自己否定の塊だった彼が、よくここまで言ってくれるようになったものだと感動してしまう。

「だから。つまり、その――」

――自分に、嫉妬しているだけで。

と、聞こえるか聞こえないかの掠れた声で、彼が呟いた。

「…………」

セレスティナは瞬いた。

ああもう――ああもう――！

「なんて可愛いの！」

思った言葉がそのまま口に出てしまい、ハッとする。

「可愛い……？」

「えっ、あ、えーっと、その」

リカルドはあまり好まない言葉だろう。けれど実際、可愛く思えてしまうのだから仕方がない。

「そんなあなたも、好き、ってこと、なんだけど」

「…………」

あまり納得はしてもらえていないようだ。

リカルドはこちらの顔をじーっと見た後、なにかを決意したように腕を伸ばしてくる。そのままセレスティナを横抱きにし、サッと立ち上がった。

「あなたの認識を塗り変える必要があるな」

「えっえっえっ」

「今夜は覚悟してもらおうか」

黒曜石の瞳が、じっとりとした熱を秘めてこちらを見つめてくる。

前言撤回だ。この底の見えない瞳に見つめられるだけで、セレスティナのドキドキは止まらなくなるのだ。

これ以上、格好いいところを見せられても困るだけなのだが、逃してもらえるはずがない。

「お手柔らかにお願いするわ」

「さて、どうしようか」

なんて、悪戯っ子みたいに口の端を軽く上げる彼の表情も格好いい。

一緒に暮らすようになってから、こうした彼の一面が次々と見られるようになってきて、正直心臓が持たない。

彼は澱みのない足どりで、居間を闊歩していく。

屋敷で一番日当たりのいいこの部屋は、セレスティナの私室らしい内装のまま。

実際にはリカルドとふたりで使用しているわけだが、彼は頑なにこの内装を変えようとしない。

セレスティナを思わせる色彩に溢れたこの部屋にいると、セレスティナに包まれているようだから、と言い張っているのだ。

結果的に、彼は一向に自室を持とうとしない。どんな時でもセレスティナと一緒にいる。その強い意志がこの部屋にも現れていた。

ソファーはふたりがけのものをひとつしか置かないし、テーブルや椅子もそうだ。

絶対に客人を迎え入れるつもりはないという、ふたりきりの部屋。

ここで過ごしている時は少しでも離れることがないように、生活の中で制限されていることは少なくない。

もしかしたら、それを窮屈に思う人もいるかもしれない。けれども、セレスティナは違った。

(それでいいの)

想いが溢れて、セレスティナから腕を伸ばす。

リカルドの首に腕を回して、顔を近づけ、そっとキスを贈る。

彼はそのままゆっくりベッドにセレスティナを下ろし、天蓋のカーテンをそっと解いた。フックが外れ、ばさりとベッドを取り囲む。

部屋にはふたりしかいないのに、さらにこの狭い空間に閉じこもるのが彼はことさらお気に入りなのだ。

深く舌を絡め合ったまま、彼がナイトドレスを脱がしていく。セレスティナも手を伸ばし、彼のナイトガウンをそっと外した。

細身だが、しっとりとした筋肉に覆われ、とても美しい。この引き締まった肉体にいつも抱かれているのかと思うと、ゾクゾクしてしまう。

「積極的だな。そんなに俺に抱かれたかった?」

「っ、それは言わないで。恥ずかしいわ」

「聞かせて。あなたも俺に溺れてるって」

「そんなのとっくに、溺れて——んんっ」

聞かせてと言ったのはそっちなのに、待ちきれないとばかりに再び唇を奪われる。あっという間に下着まで脱がされ、彼の長い指がセレスティナの秘所に到達した。

彼は女陰をくちっとかき混ぜて、すでに溢れた愛蜜を掬い、わざわざセレスティナの前に掲げてみせる。

「——本当だ、濡れてる」

赤い舌でぺろりと舐め取るその仕草が、あまりに色っぽい。お腹の奥がずくんと疼くのを感じながら、セレスティナは期待で瞳を揺らした。

(リカルド、自信を持ってくれているのは嬉しいけど、こんなの成長しすぎよ……!)

ここ数カ月でリカルドは目に見えて変わった。

セレスティナの愛情を真っ直ぐ受けとめるようになったし、行動のひとつひとつに自信を持つようになった。というよりも、そうであるように彼が自分自身に言い聞かせているような感じもある。

セレスティナと過ごすことで、彼が成長しようとしてくれていることがとびきり嬉しい。

――だからこそ、余計に甘やかしたくもなるわけだが。

「仕方ないじゃない。わたし、あなたに触れられると、もう……」

これまでたっぷり愛されてきたのだ。軽く触れられるだけで疼く身体に作り変えられている。

「ん、可愛い。ティナ」

リカルドは嬉しそうに目を細めながら、たくさんキスをくれる。乳房を捏ねながらくりくりと頂を弄られると、ますますセレスティナの身体は高まった。

「ここも、もう硬くなってる」

カリッと爪先で乳首を弾かれて、セレスティナの身体も跳ねた。

リカルドは本当にセレスティナをよく見ている。こうすると敏感になることをよく知っているのだ。

彼の大きな手がするすると下へ伸びていく。もちろん、唇も。

首元、胸元、お腹と、数多の華を散らしながらも、まだ染めたりないとばかりに愛撫してくる。

太腿を撫でられるのが擽ったくて身体を捩ると、そのままくるりと反転させられ、うつ伏せにされた。

「はぁ……ティナ。ティナ」

長い髪を梳かれて、すっと肩に流される。白いうなじをかぷりと喰みながら、今度は背中側から前へ、彼の腕が伸びてきた。

お腹を抱えられ、四つん這いにさせられると、彼の悪戯な手が秘部へ伸び、そのまま前後に擦られる。

すでに愛液で濡れそぼつ蜜口は、彼の指に反応してひくひくと震えた。

入り口を何度も擦られては、陰核を捏ねられる。もう片方の手で胸を揉みしだかれると、焦らすようなその動きにセレスティナは腰を揺らした。

「リカルド、もっと……」

「欲しい?」

「うん、欲しい……」

たまらずそう漏らすと、リカルドが安心するような吐息を吐いた。耳元で囁きかけられ、余計にゾクゾクするけれど、彼はすぐにはくれない。

さらに乳首を捏ねたり、陰核を弄ったりを繰り返す。

背中にはすでに、熱くて硬いモノが当たって存在を主張しているというのに、それがもらえないもどかしさ。かと思えば、指を二本も膣内へ挿入され、くちくちと開かれていく。

彼の指は器用で、セレスティナのいいところをいとも簡単に見つけてしまう。けれど、高まりそうになったところで、わざと愛撫を緩めてしまうのだ。

「リカルド……っ」

切なくって、腰を揺らす。

後ろを振り返りながら恨めしそうな目を向けると、リカルドはくしゃりと目を細めた。

これは楽しんでいる顔である。懐くと、案外悪戯っ子になるということも知って、セレスティナは言葉を詰まらせた。

けれど、このもどかしさをなんとかするためには、上手におねだりをするしかない。

何度も彼と身体を重ねるうちに理解した。リカルドは、閨の中でセレスティナに甘えられるのがとびきり好きらしい。

（普段は、どちらかと言えば逆だから）

お腹の奥が疼く。

早く、彼の熱いモノが欲しい。

いよいよ我慢できなくなって、セレスティナは口を開く。

「リカルド、もう挿れて。あなたのを。欲しいの……」

潤む瞳を向けて訴えかけると、リカルドは目を丸くした。そうしてすぐに頬を染め、甘い息を漏らす。

「上手におねだりできて、偉いな。ティナは」

恍惚とした表情で、彼は己の鋒を蜜口にあてがった。ずくんと一気に穿つ。

重く、鈍い衝撃に身体が跳ねた。崩れ落ちそうになるも、お腹をガッチリと抱きかかえられてはそれもままならない。

「あ、ああ……っ！」

　欲しかった快感が与えられ、セレスティナの体内に歓喜が駆け巡る。バチバチ！　と視界が弾け、あっという間に達してしまった。

「イッた？　ティナのナカ、すごく締まった」

「ぁ、ぁん、リカルド……っ」

「これが欲しかったんだろう？　あげる。いくらでも」

「あ、あ……ああんっ」

　達した身体はあまりに敏感だ。何度も奥を穿たれて、そのたびに何度も意識が弾ける。全身がピリピリと刺激に震え、セレスティナはただただその快楽に身を委ねた。

　彼は容赦なく抽送を繰り返し、セレスティナの身体はますます昂っていく。

　膝立ちすることすら難しくなって、彼に身体を預けると、そのままぐりんと視界が反転した。

　彼は繋がったままセレスティナの身体を持ち上げて、いつの間にか自分の膝上に座らせていた。

後ろから抱き込まれ、さらに刺激を与えられる。

「あ、ま、……そこ、感じる……っ」

　下から突き上げられると、いつもと違う浅い場所にガツガツと鋒がぶつかった。

　あまりの刺激の強さに、セレスティナは胸の前でぎゅっと腕を抱える。そんな彼女をよしよしと宥めるように、リカルドの大きな手が何度も頭を撫でた。

「ぁ、はぁ、ん。リカルド……っ」

リカルドの顔が見たい。

甘い衝撃に耐えきれなくて、懇願するように後ろを向く。目が合うと彼もとろりと目を細め、唇をくれた。

バツバツと、何度も下から突き上げられる。髪を梳かれ、頬を撫でられ、身体中を慈しまれているようだった。

心臓が弾けそうなくらいに跳ねている。もっと彼に染まりたい。それ以外の意識が全部取り払われて、セレスティナも必死で彼を求めた。

セレスティナのほうからも唇を重ね、おねだりする。そうすると彼が舌を絡め取ってくれて、たくさんの熱に心が、身体が、満たされていくのだ。

(幸せ……)

気持ちがよすぎて怖いくらいだけれど。

それでも、この人に全部染められることでセレスティナは安心できた。

リカルドはセレスティナを閉じ込めたがるけれども、セレスティナもきっとそうだ。

セレスティナの存在意義がここにあることを、もっと感じさせてほしい。

一層、彼の突き上げが激しくなる。

いよいよ、ナカに熱いモノが放たれ、満たされていった。

――リカルドは、愛しはじめると本当に長い。

空が白むまで、何度も何度もセレスティナを求め続ける。

〈糸の神〉と〈処女神〉の加護が巡り会ったことで、セレスティナは体内から作り変えられた。

数多の適性を授かった影響か、以前よりも体力は大幅に増えたけれども、それでも最後までは難しい。

最終的に、全身にぴくりとも力が入らなくなって、ベッドにその身体を預けていた。

リカルドはその後も、セレスティナをゆっくり貪ったり、ただただ撫でながら愛でたり、眠るセレスティナの顔をじっと眺めて楽しんだり——それはもう、いつものように引き続きたっぷりと愛し続けていたのだけれども、この日は少しだけ違った。

「いつか——」

セレスティナのお腹を撫でながら、ゆっくりと未来を語る。

「いつか、ここに。あなたとの愛の結晶が宿る日が来るのだろうか」

セレスティナは瞬いた。

まさか、リカルドがそんな話をしてくるだなんて。

「……怖い？」

「いや」

彼はことさら、セレスティナとふたりきりになることにこだわり続ける。

もちろん、こうして直接愛を注がれては、いつかそれが芽吹く日もあるだろうと、互いに覚悟をしているけれど。

それでも、リカルドは、いつか来るその日を恐れもしているのではと思っていた。

第一降神格は子ができにくいと聞く。

正確には、高位の加護を持って生まれる子は授かるまでに時間がかかり、第一降神格の子は高位加護を授かることが多い、という話だ。

ことリカルドに限れば、ある種、心の準備ができる期間になるのではと思っていたけれど。

「――それも悪くないかと、最近は思う」

はらりと、隣に横たわる彼の前髪が流れた。

黒曜石の瞳の奥に、赤く鈍い輝きを宿している。

ゾクゾクした。

多分、悪くないという言葉は嘘ではないと思う。

でもきっと、それだけが真実ではない。

お腹をなぞる彼の手が、じっとりとした感情を孕んでいる。

おそらく。

きっと。

子供ができたら、もっとセレスティナを縛れると思っているのだろう。

子供のことよりも、セレスティナ本人を。

血という絆で。

(でも――)

悪くないと思う。
セレスティナもリカルドも、まだまだ変化の途中だ。
これまでリカルドは、たくさんの変化を見せてくれた。
きっと、これからも変わっていくのだろう。互いに——
この屋敷から見た遠くの景色を思い出す。
初めてあの景色を見た時、セレスティナは希望を見つけた。
きっと彼との未来はいいものにできると、予感めいたものすら感じた。
今もそうだ。セレスティナと、リカルドと——もしかしたら新しい命も迎えて。
素敵な家族になれるとセレスティナは思う。
そして、さらに一年が過ぎたころには、その予感が当たっていたことを知るのだった。

後日談　未来を想う

それは一瞬の出来事だった。

リカルドと結婚して、一年と数カ月が経ったある夜のことである。

主寝室に連れて行かれるなり、ぐるりとセレスティナの視界が反転したのだ。頭が真っ白になって、セレスティナはパチパチと瞬いた。

細いセレスティナの身体を組み敷いているのは、最愛の夫リカルドだ。暗い瞳の奥に執着を滲ませ、ほんのりと赤い光が宿っている。

突然ぶつけられた激情に、セレスティナはうろたえた。

「……あなたから、別の男の気配がする。どういうことだ？」

低い声だ。背筋に冷たい汗が流れ、セレスティナは息を呑む。

彼の言葉に、思い当たる節がありすぎる。というか、昼間に他の男と接触したのは事実なのだ。

しかし、それには深い理由がある。

「落ち着いて、リカルド」

「これは魔力か？　他の男の魔力を受けるような行為を、あなたがしたと？」

「ま、間違っていないけど！　違うの！　あなたが思うようなことはしていないわ！」

ブンブンと手を胸の前で振って否定するけれど、彼の鋭い視線が緩むことはない。

（ああ、もう！　どうやって伝えようかって、ずーっと考えていたのに！）

今、セレスティナが抱えているのはかなりセンシティブな秘密だ。伝える相手がリカルドとなると、ことさら伝え方には気を使う。考えがまとまるまで、黙っていようと思ったのに。

「やはり、魔力を？　他の男から魔力を受けたのか」

「受けたけど！　お医者様っ、相手はお医者様なのよ、仕方がないわ」

「なに⁉」

医者、という単語に、リカルドの表情が一変した。先ほどまでの問い詰めるような眼差しはなりを潜め、代わりに盛大にうろたえる。

「あのね、リカルド！　大切な話があるの」

彼が怯（ひる）んだ隙にと、セレスティナは前のめりになって語りかけた。

とはいえ、頭の中は真っ白である。あれだけ伝え方を熟考したというのに、勢いに任せて出てきたのは実にシンプルな言葉だった。

「わたし、子供ができたみたいで！」

鼓動が聞こえるのではないかというくらい、心臓がドキドキしている。

驚くに違いない。でも、喜んでくれたらいいな――なんて、考えていたけれど、セレスティナは自分が甘かったことを思い知らされる。

「…………え？」

リカルドはぽかんと口を開けたまま硬直した。それから、セレスティナの顔をお腹のあたりを交互に見て、ぶるぶると震え出す。

「あ、あ、あ、俺は、なんてことを――」

などとぽつっと漏らしたかと思えば、一心不乱に部屋を出ていってしまったのである。

その後、戻ってくることもない。

セレスティナは、実に初夜以来、主寝室にひとり取り残されるに至った。


思い返せば、リカルドと結婚して一年と数カ月。本当に、幸せな日々を過ごしていたと思う。

結婚当初はリカルドの強すぎる執着や、〈糸の神〉の加護に振り回されてばかりいた。しかし、国際会議を経て、イオス王国の呪縛から解き放たれた後は、まるで夢のような日々だった。

もちろん、リカルドの束縛はなかなかのものだ。

セレスティナは、この屋敷から外に出るのはリカルドと一緒か、彼に会いに行くときだけという約束を頑なに守り続けている。それで彼の心が穏やかであり続けられるなら、安いものだ。

それに、セレスティナ自身、リカルドの強すぎる執着を心地いいと感じることもあるから、お互いさまだ。

ただ、リカルドがふたりだけの世界にこもりたがるところは変わっていない。

騎士の仕事も続けているが、仕事が終われば一秒でも早く顔を見たいと飛んで帰ってくるし、朝、出勤するときは駄々をこねまくる。引きこもりたがりの不良騎士のレッテルは変わっていないのだ。

だからこそ、子ができたと言うのはドキドキした。

かつて、子が宿ることも悪くはない、と言葉にしてくれたこともある。しかし、子はふたりきりの世界という殻を壊す存在なのだ。ゆえに、リカルドの反応がちっとも読めなかった。

（でも、ここまでとは思わないじゃない……？）

翌日。セレスティナは頭を抱えたい気持ちのまま、城の門をくぐった。

隣にはフィーガ。今日も今日とてマイペースに笑っている。

「さ、主の執務室はこちらですよ。参りましょう」

連れて行かれたのは、騎士棟の二階だった。以前は地下に構えていたリカルドの執務室は、彼が日の光を克服したことで別の場所に移動したのである。

広く、日当たりのいい執務室で、雰囲気もすっかり変わったとフィーガは言っている。しかし、こうしてフィーガとふたり騎士棟の廊下を歩いていると、つい思い出してしまう。かつて引きこもっていたリカルドの姿を。

ドキドキしながら、セレスティナは執務室の扉をノックした。

「――――誰だ」

セレスティナは背筋を伸ばし、真っ直ぐ前を見据えた。扉の向こうにいる彼に、この気持ちを届けたいから。

「ねえ、リカルド。開けて」

「……っ」

彼が息を呑んだのがわかった。セレスティナは間髪いれずに話しかける。

「あなたとお話しに来たの」

「……………やめておいたほうがいい」

リカルドの声は暗かった。昨夜見せた苛立ちとも異なる、とても弱々しい声だ。

セレスティナは片眉を上げた。彼は、一体なにに落ち込んでいるのか。

せめてちゃんと話してくれたら、セレスティナだって一緒に悩めるのに。

(よりにもよって、このタイミングで引きこもるだなんて)

彼が〈糸の神〉の強すぎる加護に振り回されていたことはわかっている。

でも、それを乗り越えて、今は一緒にいるのではないだろうか。一生に一度のこの時間を、どうしてともに過ごしてくれないのか。

「ふふ」

乾いた笑いが漏れた。

また彼に逃げられたことは少なからずショックだった。けれども、今のセレスティナは昔とは違うのだ。そんなことくらいで落ち込んで、足を止めるはずがない。

「開けてくれないなら、わたしだって考えがあるのよ」

あえてニッコリと微笑み、扉に手をかざす。それから目を閉じ、意識を集中させた。

(魔法鍵をかけているくらいで逃げられると思ったら、大間違いよ)

リカルドと一緒になったことで開花した魔法の才能。今活かさずして、いつ活かすと言うのか。

詠唱など必要ない。〈風の神〉へ希(こいねが)い、手の平に力を集めるだけだ。

髪の毛がふわりと舞い上がる。そうして一気に魔力を放出した瞬間、閉ざされていたはずの扉が吹き飛び、室内の壁にぶち当たる。

まさに暴力。セレスティナには似つかわしくない方法で、閉ざされた扉を開いてみせた。

「え？　…………あ？」

リカルドの目は点になっていた。まさか、セレスティナがこんな強硬手段を取るとは思っていなかったのだろう。

しかし、今は家族にとって非常に大事な瞬間なのだ。セレスティナだって、手段を選ぶつもりはない。だから一切躊躇(ちゅうちょ)なく、彼のテリトリーに足を踏み入れる。

（ここが、リカルドの新しい執務室）

左右の壁には大きな本棚が置いてあり、整然と書物が並べられている。真っ白な壁に、淡いベージュの天井。大きな窓からは燦々(さんさん)と太陽の光が差し込み、開放的で、明るい雰囲気の部屋だ。

リカルドがこうした環境で過ごせるようになったことは素直に喜ばしい。

しかし、それはそれ、これはこれだ。セレスティナは厳しい表情のまま、リカルドのもとを目指す。

リカルドはぽかんと口を開けていた。仕事をしていたのか、執務机についたままだが、ぴくりとも動かない。

そんな彼の前に歩いていき、トンッ、と机に片手をつく。視線は一切逸らさない。

「昨夜は驚かせて悪かったわ。子ができたかどうか、私の勘違いだったらって怖くて、あなたに内緒で医師を呼んだの。そこは謝る」

リカルドはぽかんと口を開けたままだ。だから気にせず、言葉を続けることにした。

「でもね、逃げずに話を聞いてほしかった。だって、あなたとわたしの子供の話なのよ？」

そこまで告げたところで、リカルドはハッとする。

「っ、違うんだ！」

「なにが違うの」

「逃げたのは、そうじゃなくて——」

リカルドはガタッと立ち上がる。両手をギュッと握りしめ、前を向いた。

口を何度も開け閉めしながら、ゆっくり言葉を選び、絞り出すように告白する。

「俺のせいで。お腹の子に、なにかあったらって」

「え？」

思いもよらない言葉に、セレスティナは目を丸くする。

リカルドは苦しそうに目を細めた。

これは、彼が自分を責めるときの顔だ。

「あなたに他の誰かが触れたと思うと、つい、醜（みにく）い嫉妬で魔力をぶつけてしまって。でも、俺はこの先も同じことを繰り返してしまう、と、思う。そうしたら」

彼の瞳の色が暗く沈んでいく。唇をギュッと噛みしめる彼は、かすかに震えていた。

セレスティナは、ああ、と思う。

同じだ。初夜を迎えたその後、彼が地下の執務室にこもってしまった時と。

大人と違い、お腹の中に宿った子はあまりに小さい。だから、外部からの莫大な魔力の影響を気にしているのだろう。

ましてや、リカルドの魔力は特別だ。不安になる気持ちは理解できる。それでも――

「心配してくれるの？」

――お腹の子を。

ぽつりとそう呟くと、彼は驚いたように目を見張る。

「当たり前だろう!?　あなたと、俺の子だぞ！」

「そうだったの」

彼が事実を受け入れられないから逃げたのだと思っていた。でも、実際はその逆だったなんて。

リカルドの本心がわかって、心の根っこの部分から喜びがこみ上げてくる。

けれども怒っていた手前、どうにも素直になれない。だからセレスティナは口を尖らせ、ぷいっとそっぽを向いた。

「わたしが、どれだけ不安になったと思ってるの」

恨み節になってしまうのは許してほしい。色んな感情がない交ぜになって、どういう表情をしたらいいのかもわからない。

「悪かった。でも、俺だって、その子を傷つけたくないから」

リカルドは唇を噛む。

大切であればあるほど、彼は相手に対して臆病になる。

今回も同じ。それがわかっただけでも十分だ。

だからセレスティナは笑った。肩をすくめて、彼をそっと抱きしめる。

「大丈夫。私とあなたの子なのよ？　きっと丈夫に生まれてきてくれるわ」

実際、外部の魔力が子にどのような影響を与えるのかなんてわからない。彼の存在、魔力の大きさ自体がイレギュラーだから、予測がつくはずもないのだ。

だからといって、漠然とした不安に怯え、子と向き合わないなんてもったいない。セレスティナはゆっくりと彼の背中を撫で、語りかける。

「それにね、わたしに力を与えてくれたのは、あなたでしょう？　心配しないで。わたしがちゃんと護るわ」

普段魔法を披露する機会は少ないが、セレスティナだって、リカルドに負けないくらいの魔法の才能を授かったのだ。

セレスティナの身体自体が結界のようなもの。悪影響を与えるものは、きっちり弾いてみせると胸を張る。

そこまで言ってようやく、リカルドの心に届いたらしい。彼はゆっくりと瞬き、頬を緩めた。

「――ふ、わかった」

相好を崩し、優しく抱きしめ返してくる。

「俺はいつもあなたに支えられているな。逃げてばかりですまない」

「まったくだわ。結構ショックだったのよ」

「それは本当に悪かった！」

恨みがましく訴えかけると、彼は再びうろたえ、あわあわと謝罪してくる。そこでようやくお互い目を合わせて、吹き出した。

とても喜ばしいことのはずなのに、とんだ回り道をしてしまった。ふたりでクスクスと微笑み合っていると、入り口のほうから拍手の音が聞こえてきた。

ひとりやふたりではない。大きな拍手とともに、大勢の歓声まで上がっている。

「隊長！　おめでとうございます！」

「ようやくお子が！　なんとめでたいんだ！」

「どんな子が生まれてくるか、楽しみですね！」

騒ぎを聞きつけて騎士たちが集まってきたらしい。

そういえば、部屋に入る際、盛大に扉を破壊していたのだ。人が集まらないわけがない。

この様子では、扉を破壊したのがセレスティナであることも伝わってしまうだろう。夫婦のいざこざをバッチリ見られて、セレスティナは赤面する。

そして、顔を赤らめているのはセレスティナだけではない。リカルドもだ。

「…………ああ、ありがとう」

蚊が鳴くような声で呟いていた。

セレスティナならまだしも、彼がこのような反応を見せたことがあまりに意外で、セレスティナは瞬いた。

けれど、すぐに胸の奥に温かい感情がこみ上げてきて、目を細める。

「ふふ」

だって、あのリカルドが部下たちの言葉を素直に受けとめているのだ。嬉しくないはずがない。

リカルドの新たな変化を見つけて、セレスティナは未来を想う。

抱えるものの重さから、思いも寄らぬ方向に思い詰めて暴走してしまう人ではあるけれど、そんなところもひっくるめて全部愛しい。

そんな彼が、新しい家族をも愛してくれるのだから最高だ。

きっと未来は素晴らしいものになる。いつか生まれる新しい命に想いを馳せながら、セレスティナは彼の胸に顔を寄せる。

その後、セレスティナたちは無事に第一子を授かることになる。

リカルドは不安がる様子も見せていたが、セレスティナの望むように、時間をかけてお腹の子と向き合い続けた。

そして、セレスティナ似の可憐な女の子が生まれてきて、おおいに喜んだという。

セレスティナを取られ、少し寂しそうな表情も見せることもあったが、それでもリカルドは家族の愛情というものを知り、はにかむような笑顔を見せることが増えた。

それから立て続けにふたりの男の子が生まれて、微笑（ほほえ）みの絶えない家になった。

一家は、リカルドの仲間の騎士たちや王家の者たちにも温かく見守られていった。

国にとって防衛の要とも言えるリカルドは、フォルヴィオン帝国の守護神として名を馳（は）せたが、彼の存命中、大きな戦は起こらなかった。

彼がいる、という存在だけで、他国が一切手を出してこなかったからだ。

リカルドの勤務態度は――まあ、及第点か？　と呼べる程度のものではあったようだが、そこはお目こぼしだ。

やがて妻だけでなく、娘にも勤務態度を咎（とが）められ、焦（あせ）る姿もあったようだが、それすらも周囲に微笑（ほほえ）ましく見守られ、幸せに暮らしたそうな。

この作品に対する皆様のご意見・ご感想をお待ちしております。
おハガキ・お手紙は以下の宛先にお送りください。

【宛先】
〒150-6019 東京都渋谷区恵比寿 4-20-3 恵比寿ｶﾞｰﾃﾞﾝﾌﾟﾚｲｽﾀﾜｰ 19F
(株) アルファポリス　書籍感想係

メールフォームでのご意見・ご感想は右のＱＲコードから、
あるいは以下のワードで検索をかけてください。

アルファポリス　書籍の感想

ご感想はこちらから

本書は、「アルファポリス」（https://www.alphapolis.co.jp/）に掲載されていたものを、
改題、改稿、加筆のうえ、書籍化したものです。

捨てられ王女は黒騎士様の激重執愛に囚われる

浅岸 久（あざぎし きゅう）

2025年 3月 25日初版発行

編集－渡邉和音・森 順子
編集長－倉持真理
発行者－梶本雄介
発行所－株式会社アルファポリス
〒150-6019 東京都渋谷区恵比寿4-20-3 恵比寿ｶﾞｰﾃﾞﾝﾌﾟﾚｲｽﾀﾜｰ19F
TEL 03-6277-1601（営業） 03-6277-1602（編集）
URL https://www.alphapolis.co.jp/
発売元－株式会社星雲社（共同出版社・流通責任出版社）
〒112-0005 東京都文京区水道1-3-30
TEL 03-3868-3275
装丁イラスト－蜂不二子
装丁デザイン－AFTERGLOW
（レーベルフォーマットデザイン－團 夢見（imagejack））
印刷－中央精版印刷株式会社

価格はカバーに表示されてあります。
落丁乱丁の場合はアルファポリスまでご連絡ください。
送料は小社負担でお取り替えします。

ISBN978-4-434-35467-0 C0093